U0470948

海右文学精品工程

花棵河

王少元 著

济南出版社

图书在版编目（CIP）数据

花棵河 / 王少元著. -- 济南：济南出版社，2024.
12. -- ISBN 978-7-5488-6963-4

Ⅰ. I247.5

中国国家版本馆 CIP 数据核字第 20243NR062 号

花棵河
HUA KE HE

王少元　著

出 版 人　谢金岭
出版统筹　李建议
责任编辑　尹利华
装帧设计　牛　钧

出版发行　济南出版社
地　　址　山东省济南市二环南路1号（250002）
总 编 室　0531-86131715
印　　刷　济南新先锋彩印有限公司
版　　次　2024年12月第1版
印　　次　2025年6月第1次印刷
开　　本　160mm×230mm　16开
印　　张　14
字　　数　189千字
书　　号　ISBN 978-7-5488-6963-4
定　　价　36.80元

如有印装质量问题　请与出版社出版部联系调换
电话：0531-86131736

版权所有　盗版必究

目录

第一章 ... 001

第二章 ... 010

第三章 ... 017

第四章 ... 020

第五章 ... 022

第六章 ... 027

第七章 ... 031

第八章 ... 033

第九章 ... 041

第十章 ... 046

第十一章 ... 054

第十二章 ... 064

第十三章 ... 071

第十四章 ... 078

第十五章 ... 081

第十六章 ... 086

第十七章 ... 089

第十八章 ... 095

第十九章 ... 098

第二十章 ... 103

第二十一章 ... 107

第二十二章 ... 114

第二十三章 ... 120

第二十四章 ... 122

第二十五章 ... 129

第二十六章 ... 134

第二十七章 ... 139

第二十八章 ... 144

第二十九章 ... 149

第三十章 ... 152

第三十一章 ... 157

第三十二章 ... 162

第三十三章 ... 169

第三十四章 ... 175

第三十五章 ... 180

第三十六章 ... 187

第三十七章 ... 192

第三十八章 ... 197

第三十九章 ... 203

后记：我写《花棵河》 ... 208

第一章

太阳升起在1931年中国北方深秋的大地上。

精于算计的老王头一千零一遍地设想过自己四处流浪会面对的处境，但也没想到当下的悲催。逃荒在外，整整两年了，离河南老家越来越远。老王头挑着一副担子走在苍茫的大地上，抬起浑浊的老眼向周围望去，大地收割完毕，光秃疲倦，就像刚生过孩子的女人，变得异常慵懒而安详。担子的前边是一只篓筐，里面坐着一个瘦骨嶙峋的孩子，无精打采的一双眼睛好奇而恐惧地看着荒凉的田野。这孩子五岁多一点，因营养不良，看上去明显要比同岁的孩子更瘦弱。担子的后面是一卷破烂的铺盖和同样残破的锅碗瓢勺。跟在老王头后面趔趄而行的，是他的婆子，同样的满脸倦容，面如菜色，同样的破衣烂衫，蓬头垢面。饥饿、疲惫、连年的逃荒劳顿，一家子人苟延残喘在死亡的边缘线上。

"他爹，你这是往哪里走？俺饿得实在挪不动了。"老王头的婆子在后面叫喊着。

"闭嘴。趁着天色还早，再撑一段儿，你想被人抓走？"

这年月，中原大地闹灾荒，颗粒无收。饥荒、战乱、兵匪、瘟疫，老王头一家五口在河南南阳实在活不下去了，一路乞讨，晓行夜宿，辗转来到山东洙泗河畔。路上一个女儿饿死，一个儿子卖给了人家，出门时的五口，零落到现在只剩下三口。卖儿子换回的半袋子小米，一路上且走且吃，一个月下来也吃了个精光。 有几次，老王头险些被不知名号的部队抓了壮丁，亏得老王头装猫变狗，蒙混过关，才得以逃脱。 因此他长了个心眼，专趁黎明或黄昏时分多赶几里路，免得再遇不测。

走啊走，逃啊逃，逃荒到哪里去，老王头心里也没底。 走到哪算哪，听说山东那块地，圣人之乡，海晏河清，民熙物阜，也许是个活命的落脚处。 老王头读过几年私塾，略晓几分外面的世界。 他时常暗暗给自己鼓劲。

东方泛出鱼肚白。 实在是累了，老王头放下担子，望见前面有一条河。 他不知道河的名字，但见河水清洌，一眼见底。 沙白石苍，水碧草绿。 满河沿的连翘条子依偎在天地之间，静谧而倦怠地准备着过冬。 老王头隐隐感觉到，有这么清洌河水的地方，一定能够活下去。 他走到河边，撩起河水洗把脸，又以手掬水咕嘟咕嘟喝了几口，河水甘甜柔洌，浑身清爽了许多。 拿出烟袋锅，随手装了些河边的枯草叶子，用火石打着火，吧嗒吧嗒抽了几口，丝毫没有一点家乡烟草的香醇，但也没有什么异样的怪味。 他用浑浊的老眼瞅着蜿蜒曲折的河，长长舒了一口气。

河面不宽，水流缓慢，河两沿也很平缓。 河沿上长满了灌木丛。 连翘老王头是认得的，其他就一眼的茫然了。 因是深秋，叶子已经大部分落光，枝条有的枯萎，有的还不服气，直挺挺地傲立在那里。 河岸两边都是一望无际的茫茫田野。

看着日头渐渐升高，一家人还饿着肚子，老王头愁从心来。

突然，水草晃动，莫非有鱼！ 老王头顿时来了精神，顾不上脱鞋，扑通一声就跳进河里去逮鱼。 他运气不错，一下捉到好几条，其中还有一条半尺多长的鲤鱼，蹊跷的是这鲤鱼红嘴灰身，在陶盆里上蹿下跳，煞是活泼，像是专门给愁苦的老王头解闷似的。

"他娘，有吃的了。 快找些柴草来，用陶罐煮了。"老王头一身的泥水，却一点也没感觉到深秋早晨的寒冷。

一家人在河边烧起了火。劏鱼时，老王头犹豫了。那条红嘴灰身的鲤鱼好像很有灵性，在陶盆里更加撒欢似的"跳舞"给他看，转眼又一动不动，嘴里冒出一串串珍珠似的泡泡。老王头动了恻隐之心。他觉得这条鱼是个精怪，是个神物，是个吉兆，不能杀。老王头嘟囔了一句："活命去吧，活命去吧，你不用哭了，不用哭了，俺放你走，放你走。"他一边嘟囔着，一边两手连捧带掐，把那条鱼给放生了。鲤鱼入河，一个挺身远游而去，一会儿又游了回来，向着老王头，连续数次蹿出河面，像是在告别，又像是在感恩。

"去吧，去吧，好歹是一条生命。有个活路，各过各的日子去吧。"鲤鱼听罢摇头摆尾，怡然而去。

"老头子，就你神道！好不容易逮到一条大个的，怎么就放了呢？孩子还饿着肚子哩。"老王头的婆子抱怨。

"你懂个甚！"

闻着鱼肉香，老王头多皱的脸上舒坦了许多。

"他娘，我感觉有水的地方就能活人，这地儿我看着能扎根。"老王头说着，他的婆子一个劲儿地点头。

老王头一家沿着河继续往上走，越走河面越窄，水流也越急。不远处有个村庄，就在河的两沿。老王头决定到村西头去碰碰运气。

来到一座青石桥边，桥头上有块石碑，上面镌刻着像蚯蚓一样的几个字。老王头琢磨了好半天，识出了"青龙桥"这三个字。下了桥，迎面矗立着一座石坊，上书"花棵河"三个楷书大字，不用说，这村就叫"花棵河村"了，这河就叫"花棵河"。

老王头进了村，敲了好几家的门，没有一家有想给他们个住处的意思，只是给块煎饼、窝窝头，或者盛碗热稀饭什么的，就轰小鸡似的打发他走。沿路乞讨，一路来到村东头。村东头北边有座破庙，庙里有座"祈雨殿"，高大巍峨，凋敝残破，墙体被剥蚀得已看不出原来的颜色。院子里柏木森森，遮天蔽日，这儿虽有些凋敝残破，倒也能遮风避雨，挡寒消暑。老王头心中一喜，决计一家人暂且寄寓在大殿的一隅。

不能再往北走了。住下以后他就听路边人闲说，北边正在打仗。听说这回是和那日本小鬼子打。老王头胆小怕事，一听打仗就尿裤子。在河南老家，兵荒马乱，民不聊生，今天是这路军，明天是那股匪，后天又是那伙盗，他也闹不清究竟谁好谁坏，哪是生哪是死。几次被抓壮丁或马弁，几次他都死里逃生，老鼠钻洞似的又跑回了老家。他游手好闲惯了，吃不了那份风餐露宿的苦，更别说上战场打仗了。他依然恋着那个让他糟蹋得一塌糊涂的破烂家。家里有老婆盆子似的大腚，葫芦样的奶子，三个喊爹叫娘的孩子。老婆孩子热炕头，喝碗糊糊也自在。

花棵河村子很大，有百十户人家。一条不大不小的河——花棵河穿村而过。村子因河而得名。村里每五天一个集，逢五、逢十，周围十里八乡的庄稼人都来这里赶集，出售各家的农货，买回需要的东西。这里离孔圣人的陵园一十八里路，那里不仅有至圣林，还有至圣庙和至圣府，都是朝圣的稀罕地儿，来过的历代皇帝、达官贵人、文人墨客、士子举人、庶民百姓不计其数。

让老王头更开眼的是，离村三四里地，还有火车经过。这里是津浦铁路的必经之地。村子东南，有一个四等小站，叫"花棵河站"，有人说是德国人修建的，也有人说是日本人补修的。证据是售票候车室的建筑是欧式建筑，但在站台两旁却种满了樱花树。车站楼红尖顶、黄粉墙、石头裙子，顶上有个尖尖的十字架。一间售票室，一间候车室，还有一间是值守室。站台两侧种满了成排的樱花树，每到春天会开满没有香味的樱花，红的、白的、粉的、红白相间的，像彩带一样飘在铁轨两旁。村里人祖祖辈辈没见过这种树，一到春上就有附近的男女老少来看花。村里的姑娘喜欢掰下几枝拿回家，插在瓶子里做几回春梦。上了年纪的老人看过以后，常常会撇撇嘴，丢下一句："好看是好看，就是树身子不成材，出不了木料。"但也挡不住他们第二年春上还来看花。每天有一列慢行客车停站对开，时不时还有货车停靠。南来北往的物资，像是木材、煤炭、油料、粮食什么的都从这里运输，孔圣人家的蹊跷物件时常也从这里运输到至圣府。

老王头和他的婆子第一次见到火车从花棵河铁路桥上通过，那么一个庞然大物匍匐在地，喘着粗气咣当咣当地向前爬行，委实吓了他们一跳。他的婆子说："他爹，你说那个'铁长虫'爬着走都那么快，要是站起来跑，不比马跑得还快！"老王头乜斜了他婆子一眼，故作见多识广的样子，不屑地说："你懂什么，俺听说这家伙现在是吃炭，要是喂它干粮，再好的马也赶不上它哩！"

老王头安顿好住处以后就寻思着干点什么营生来养家。一个大老爷们总不能老靠乞讨过日子。他在花棵河集上逛来荡去，菜摊子、布摊子、肉铺子、河鲜店子，货郎挑子、锯匠担子、香油锅子、煎包锅子、米粥缸子，剃头的、开脸的、卖膏药的、算命的、卜卦的、掐字的、请"麻麻"的、钉驴掌的、卖鸡蛋的、卖烧饼的、卖熏豆腐的、卖针头线脑的、卖八角花椒调料的、卖娃娃虎头鞋的，菜市、粮食市、干货市、骡马牲畜市、农具耕套市等，这集上一应俱全，但就是找不到一件适合自己干的营生。一无本钱，二无手艺，三无人缘，四无地界，赤条条汉子一个，给人打工扛活，人家又嫌他身子骨弱，下不了力。在老家他是出了名游手好闲的主儿。老王头早年家境殷实，有十几亩地，七八间房屋。可惜分了家以后，他不善营生，好吃懒做，偏偏又有个好赌的脾性，差点没把老婆也赔进去。 后来又赶上大灾荒，加上欠了一屁股的赌债，老王头干脆一股脑儿全抛到脑后，虱子多了不咬人，死猪不怕开水烫，在一个月黑风高的晚上，他叫醒老婆，裹了孩子，担子一挑，神不知鬼不觉地溜出村，逃之夭夭。 三十六计，走为上计。

老王头寻来思去，觉得圣城里的人特实诚，讲礼仪，最愿听信肚子里有点墨水的人捯饬指点。 遇难事好算命，出远门卜一卦，提亲办事问八字，盖房上梁选吉日，就是丢个鸡鸭、丢把钥匙也要找个阴阳先生问个究竟。 那些个大大小小阴阳怪气装猫变狗的算命先生很受人待见，混个吃喝不在话下。 有钱给钱，没钱给粮，就是再不济，也得送上一把子旱烟或家里鸡窝里媿下的几个鸡蛋。 老王头灵机一动：何不把自己年轻时学的几句只言片语的《周易》拾起来，走街串巷，给人家掐算个子丑寅卯，也许是个糊口的好营生。 老王头为自己的聪明想法激动得一夜没有合眼，和他的婆子颠来倒去，彻夜地盘算合计。

"我说他爹，你上街给人掐指算卦，总得有个名号啊。"

"俺想了想，就叫王半仙呗。"

"看能得个你吧，净骑着鼻子上脸。"

"你就请好吧。"

说办就办，十一月初五，王半仙在花棵河集上支起张桌子就开张了。 老王头脑瓜子一敲，请人做了个"孔圣人根祖中原王半仙周易卜卦万事不爽"的布幌，果然第一天就有好几个银圆进了兜。

这之前，老王头特意跑了一趟县城，置办了一身新的行头，瓜皮帽、圆眼镜、长袍马褂，还置了一副褡裢，又在地摊上买了一本《周易》，已是油渍麻花，破烂不堪。 其实他也看不懂，只是拿来唬人的。 他决计要大干一场了。 这次去县城，唯一让他不快的是，他想去至圣庙大成殿里拜拜那个泥塑的大圣人孔老夫子，好保佑他生意兴隆，日子红火。 人家看门的一看他那个邋遢样儿，根本就不让他进门。这让他懊恼不已,发誓要干一番大事,混出个模样来,让那些狗眼看人低的人们也瞧瞧他的威仪。最后他只在阙里街上踽踽独行了一圈儿,跪在阙里街的牌坊前,砰砰砰地磕了几个响头,也算是拜了祖师爷。

看门房的老头看见了,问:"你拜的谁?""俺拜的是孔圣人孔老夫子。""拜他做什么?""拜老夫子保佑俺算卦发财。""不管用的。""为么?""要发财你去武圣庙里拜武财神去。老夫子只保佑读书人读好书做好官。""是这样啊。""就是啊。不懂别瞎拜。"老王头站起来扑扑身上的灰土,灰溜溜地跑了。

老王头在回来的路上还发生了件意外的事。他好几年没喝口酒了,馋得心急火燎,就在西门一家叫"八不食"的小酒馆里,要了一碟花生米,一盘酱卤猪头脸,美美地喝了个昏天黑地。太阳偏西时,老王头吃饱喝足,才东倒西歪地往家走。

抄小路走到快要干涸的花棵河河床,满目的连翘条子划得他的脸生疼。老王头走不稳当,凉风一吹,更是醉得厉害,哇的一声吐了一大摊。衣衫狼藉,满滩污秽,臭味难闻。头痛欲裂、两眼昏花、烂醉如泥的老王头不知不觉倒在灌木丛中睡着了。不知过了多久,蒙眬之中觉得有人解他的褡裢,睁眼一看把他吓了个半死,一个黑不溜秋的东西正伸手摸他褡裢里的烧饼和酱烧肉。等他定眼看清楚了,发现是一个脏兮兮的小乞丐。老王头挣扎着立起身,大吼一声,借着酒劲飞起一脚,就把那乞丐踢出老远,咕咕噜噜,小东西缩成了一团。听到灌木丛中那脏兮兮的小乞丐的哭声,他的酒醒了一大半。问明来由,知道是个无依无靠、无家可归的孤儿。

"小兔崽子,你干么偷我的烧饼,你还想吃烧肉?"

"……"

"俺的孩儿也饿了好几天了,就你饿得慌?"

"……"

"快滚一边去吧,俺还要赶路。"

老王头刚一起身,那小乞丐就拉住他的腿不让他挪动。老王头一使劲甩开小乞丐,也许用力过猛,小乞丐一头摔在了连翘的茬子上,脸上划破了一个口子,鲜血流个不止。老王头眨巴眨巴浑浊的老眼,动了恻隐之心,在袖子上撕了块破布,给他包上,顺道把他带回到破庙里。

老王头的婆子虽然刚过四十,但因为连年的饥荒,战乱惊吓,早就绝了经。老王头在床上无论怎样卖力地折腾,他的老婆再也生不出一男半女。几年下来,老王头其实也早就断了这个念想。这回在河滩上意外捡了一个小子,让他陷入两难的境地。从河南逃荒出来,一路上,三个孩子,连饿加病死了一个,在路上卖给了人家一个,现在只剩下一个独苗。老王头犯了嘀咕。老话说得好,养儿为防老,将来自己不能动弹了,就一个孩子,万一不孝顺,喝西北风也找不着家门啊。现下好歹安顿下来了,想着让老婆子再生一个,那死婆娘再怎么折腾也下不了一个蛋了。嘻,命苦啊,捡的这一个熊玩意儿谁知道将来能成个什么事儿?又不是亲生亲养的,难保不竹篮打水一场空啊,可是……这孩子着实也太可怜,撇下不管,饿死冻死那是早晚的事。不如先拉扯着,就当是一只小狗小猫养着,万一将来有个好歹……不想那么多了,老话说得好,年三十打个兔子,有它也过年,没它也过年。牙缝里省一口,烂白菜叶子、干萝卜缨子喂他,该死该活由他去吧。

酒醒了,老王头就把俩孩子叫到跟前。

"家牛,过来,这是你哥,叫野兔。"他指点着前边瘦骨嶙峋的亲生儿子,又扯过捡来的小乞丐,"这是你弟,叫家牛。以后你们俩就是亲兄弟,谁也不能欺负谁。野兔大,是哥。家牛小,是弟。当哥的要事事让着弟弟。记住了,野兔?"小乞丐翻翻白眼珠,看看老王头,看看家牛,一句话也没说。

"以后啊,家牛的大名就叫王子梁,野兔的大名就叫王子柱,你们俩都记好了。"

"梁""柱"二字,是老王头想了许久给孩子起的名字,装满了老王头眼巴巴、厚实实的期待。不枉老王头读了几年私塾,亏他想得出这么有底气的名字。他希望两个儿子将来能支撑起门面,让他这个外乡人能在花棵河扎下根。

从此,老王头在花棵河走街串巷给人算命,一家人饥一顿饱一顿,勉强度日。野兔和家牛也在煎饼卷大葱、地瓜干子、窝窝头的啃嚼里渐渐长大。家牛瘦,野兔胖。一个亲生,一个晚养,但胖瘦有别,这让老王头的婆子十分不解。就是有个偏心眼,让野兔少吃一口,但他喝凉水也长肉。让亲生的家牛多吃一口,但他吃龙肉也瘦骨嶙峋,像根豆芽似的。

第二章

　　日子长了,老王头知道的事也渐渐多了起来。
　　从老辈人嘴里,就有了关于花楪河的传说,传了一代又一代。是真是假,谁也说不清。 老王头落根花楪河,这传说从别人的嘴里听了一遍又一遍,版本有差池,情节有错讹,管它呢,老王头将听来的故事说给他的婆子听,他的婆子又伴着花楪河的流水声讲给家牛和野兔听。
　　传说这一带曾经是一片汪洋,水面宽阔,一望无际。 可是不知怎么得罪了老天爷,忽然有一天这里变成了狼石岗。 遍地都是黄土坷垃,寸草不生。 更要命的是这里极度缺水,十年灾荒九年旱,每年下的雨水少得可怜。 黄土坷垃地往下挖了十多米,愣是不见一丁点儿水。 狼石岗北山套有一个如花似玉的农家闺女,那真是出落得面白唇红,明眸皓齿,溜腚的大辫子乌黑发亮,油光可鉴,就是有钱人家的小姐用桂花油搽上三遍也没她的辫子光鲜。 有一天,这姑娘忽然做了一个梦,梦见天上的神龙大帝告诉她,要想狼石岗除却干旱有水吃,年年风调雨顺,需得孝敬伺候好他,让他心满意足了,就要风有风,要雨有雨,普降甘霖,沟满河平,方能使得狼石岗禾苗茁壮,牛羊满圈。 怎么个孝敬法? 首先要在狼石岗东山坡上筑基建庙,供奉神龙。 在鸭毛不长、蛰虫未动的立春前一天,布施祭奠道场。 要选村里最漂亮的姑娘随了神龙上天,做神龙娘娘。 家家户户要供奉两条鱼。狼石岗既没有水，也没有河，哪会有鱼？狼石岗人只知鱼之名，从未闻见鱼之味。那姑娘第二天便把梦中所闻告诉了族长，并说为了狼石岗年年能有水吃，岁岁不再干旱，自己愿意去做神龙娘娘。岗子上的人都说，这闺女是疯了，活腻歪了，谁见过神龙大帝？这道场怎么做？没有人再去理会她。第二年一开春，狼石岗照样是干旱，滴水不见，旱得连种子都播不下去，眼看这一年又要绝产。无奈之下，人们想起北山套那姑娘的话，只好尝试一下。东山坡上巍峨辉煌的祈雨殿建成了，大伙凑钱去南山涧请来一拨儿和尚来做道场。立春前一天，祈雨殿的正中间供奉着神龙的塑像，高高的横梁上悬挂着五尺长的白色丝绸。族长率领着狼石岗的男男女女老老少少，身着盛装，神情庄严。男人们手捧着红色的鱼，女人们手拿水龙样纹路的花翎，中间簇拥着一位打扮成新娘模样的姑娘。一声沉闷的钟响，祈雨的道场开始了。面无血色的姑娘，缓缓走向祈雨殿的中央，将白色的丝绸缓缓套在自己的脖颈上。香烟缭绕，钹磬叮当，乡民下跪，泣声滔滔。霎时，天人感应，神龙开眼，只听咔嚓一声，电闪雷鸣，顿时下起倾盆大雨。风雨中只见乡民们手中的鱼瞬间化作千万只精灵，像天鹅又像凤鸟，在风雨中凌空而飞，盘旋在祈雨殿的上空，声声凄厉，满目泣血，久久不愿离去。婆子们说，天上洁白的精灵是姑娘脖子上的白丝绸变的。岗子上的老秀才、白头翁翻遍历代典籍，说这是那位感天动地大仁大德的姑娘的精魂所化。从此以后，狼石岗年年风调雨顺，人们有了水吃，禾苗茁壮，牛羊肥硕，岁岁都有了好收成。

　　从此，狼石岗有了一条河——花棵河。年年河水丰盈，岁岁水清草茂，连翘花儿年年争相盛开。

　　从此以后，狼石岗改作了花棵河村。

　　夜深，在祈雨殿神龙大帝、神龙娘娘的塑像下，映着昏黄的豆油灯，老王头的婆子拍着家牛讲了一遍又一遍这听来的故事。

"花棵河的鱼都快成精了。俺放生的那条还游回来给我道谢呢。"

老王头听了一遍又一遍，不时也提出一些疑问：好端端的一个姑娘家怎么就做了一个这么奇怪的梦呢？狼石岗上一夜之间哪来那么多祭奠的鱼？死鱼怎么就一下子变活了呢？还能飞？只有面如菜色的野兔躺在柴草堆上睁着牛眼一样大的眼睛，瞅着窗外一弯凄风缭绕的残月，一声不吭。

花棵河的春天来了。

初春时节，花棵河两沿的茅草、姜姜芽、米蒿、荠菜才刚刚显露出绿意，连翘花便争相怒放了。河汊边、斜坡上、水沟子里，一丛丛、一簇簇，宛若沿河尽带黄金甲，枝枝小花舒展着花瓣，享受着早春的骄阳。新萌发的嫩芽，则羞答答地躲在花朵身下，小心翼翼地透一点翠绿出来闹春。

嫩黄色的连翘花瓣，翘首绽放在枝头，极尽缤纷。你踩着我的肩头，我扶掖着你的头颅，相互支撑遥望，颔首致意，在花棵河畔骀荡的春光里，没有姹紫嫣红却也独树一帜，没有艳丽妩媚却也独自芬芳。恣意而不张扬，浓烈而不染俗，静静陪护着一方蓝天，默默绽放着一份热烈。

春天是播种的季节。春天是温润的季节。春天的花棵河是最惬意的季节，酿就了许多销魂的韵事。

南飞的燕子归来了，开始在农家草屋的椽梁上做窝。早出晚归，衔来草木棍和软泥，编织着温馨的窝，等待一个个雏儿的诞生。家狗们开始扬起尾巴，活蹦乱跳，跃出院墙，心急火燎地去追逐配对去了。

春天到了，河冰化了，河面上弥漫着一股淡淡的水汽。河里的小鱼们开始找食了。在冰下憋闷了一个冬天的时光，欣欣然舒展舒展筋骨，樱桃小口不时露出水面吸一口早春的芬芳，含羞而又莽撞地商量着繁衍后代的情事。家家户户的鸭鹅们呼朋引类，相约去河里洗个澡。一冬天的贴膘，使它们的身材有些臃肿，像年久不问战事的将军一样腆着肚子，走起路来比往常笨重了许多。"走，到河里逍遥去！"它们似乎相互耳语着，欢天喜地地一头扎进水里，沉潜良久，猛地跃出水面，土纸黄的长嘴夹了条小鱼，抖抖身上的水又悠然地游向远处。河边的柳树泛绿，抽出的细条婆娑妙曼，像少女的长发在抒写春之声的乐章。枝上的喜鹊、麻雀叽叽喳喳，像是在伴奏，又像是自鸣得意，让人误以为它们才是一群调皮的春天使者。

耕牛要下地了。男人们开始收拾着耕套，套好车马，准备下地春耕。过了二月二，天气渐暖，男人们先把牛马牵到花棵河边，让牛马饮个饱，再把耕套浸在河里洗个干净。过了三月三，河水更暖了，便把牛马赶进河里，让牲畜们痛痛快快洗个澡，去掉一整个冬天蜗居的腌臜。男人们顺势也在河边洗把脸，清爽一把。

去孔溪莲老秀才"三友书院"上私塾的孩子们开始脱掉身上的棉衣，原本走大路的他们，开始从花棵河狭窄的水沟子里一跃而过，抄小路去私塾。河水溅湿了他们的鞋子和裤腿，他们湿漉漉地走在羊肠小道上，并不觉得难受。只是粗布书包被打湿了，要挨孔老秀才的戒尺。背完《三字经》，还要在墙根下罚站，正好晒晒打湿的鞋子和裤腿。暖融融的太阳，晒得几个调皮的娃子额头沁出细小的汗珠，毛孔自然张开，浑身通透，有一种过电的感觉。

大姑娘、小媳妇们陆续走出家门，来到花棵河边，开始把一整个冬天的脏衣服倒腾出来，拿到青石上用木棒槌一遍一遍地敲打，搓洗，嘻嘻哈哈，叽叽喳喳，像一群撒欢儿的母鸡。几个春情骀荡的妇人边在河边洗衣服，边嘟嘟囔囔说着埋怨话，数落着懒惰的丈夫，臧否着淘气的孩子。一个年龄稍大的小媳妇和另一个腊月里刚结婚的小媳妇隐秘地耳语着，喊喊喳喳，谁也听不见她们说了些什么。

一会儿，不知为什么，两个人忽然撩起河中的水互相嬉打起来，夹杂几句床笫上的荤话与暗语。刚结婚的小媳妇被露骨的话语撩拨得两颊绯红，低着头，抿着嘴，喘着粗气，只顾干自己的活儿，不再理她。

"你瞧，一个娘养的孩子怎么差距那么大？"
"五个指头伸出来还不一般长呢！"
街上走来了一胖一瘦的野兔和家牛。

野兔和家牛慢慢长大了。野兔长得像一头健壮的小牛，虎头虎脑。家牛瘦弱得像麻秆儿，戏腔猫调。这名字起得，反了。时间一长，小名不好叫，干脆就分别叫他们"柱子"和"梁子"了，这听起来顺溜多了。

眼见着柱子一天天长高，老王头开始打起他的"小九九"。他的如意算盘是，让柱子去地主赵白眼家打长工，一来可以混口饭吃，二来可以挣点钱，让梁子去上私塾。用捡来的儿子去养活亲生的儿子。老王头琢磨，用几年的拉扯和喂养换来一生的红利，这算盘，打得好！这生意，做得值！

老王头虽然只粗通一点文墨，但深知识字断文的好处。只可惜家境不支，自己又好吃懒做不上进，再加上连年的匪灾瘟祸、兵荒马乱，使他的学业半途而废。成年以后的艰难困苦、颠沛流离，使他明白了一个道理，就是先生常说的一句话："少壮不努力，老大徒伤悲。"来到花棵河之后，他的这种感觉愈加强烈，就像放了酵母的面团，时间愈久，发酵得愈充分。他发誓要把亲生的梁子培养成才，不再像他以及他的祖辈们一样过那种面朝黄土背朝天或者沿街乞讨四处流浪的生活。吃了上顿没有下顿的日子实在难过。但他的能力又实在有限。哀愁了几日，老鼠眼一样的眸子落在了渐渐长大、结实健壮的柱子身上。一天傍晚，就着发霉的辣疙瘩咸菜喝了碗稀饭，嚼了几口干硬的煎饼，老王头把柱子叫到桌前，吭吭了几声，说："柱子，你也十一二岁了，不小了，该出去做点事了。"

"达，我什么也不会，能做什么事？"

"我想了想，只有村东头财主赵白眼家能给你口饭吃。你去他家跟着刘罗锅学着侍弄牲口吧。学些本事，将来也有个过活的本钱。"

"达，我还小。"

"还小？你达我十一岁，在村里就跟着钱屠户扯蹄子刮猪毛，跟着孙大麻子在酒馆里码牌九伺候局了，搓麻将，掷骰子，啥都能干了。到怡翠楼窑子端茶倒水，那年也不过十五六岁。吆五喝六，送往迎来，啥营生没干过。你还小？"

"达，什么是牌九、骰子？怡翠楼窑子在哪？是烧砖坯的吗？"

"去去去，大了就懂了。你就说你……你……你明天去不去赵白眼家学本事么？"老王头自知说漏了嘴，有些恼怒，说话也结巴起来。

"我就想跟着达学学算卦。"

"学算卦？看你口讷的那个熊样儿，你哪有你达这两片子能说会道的嘴？再说了，斗大的字，你也不识一个啊，怎么算卦？"

"我……"

"小子，你达吃过的盐比你吃过的米还多。听达的话，到了赵财主家好好学本事，再苦再累至少也能填饱肚皮。闹好了，还能混个白馍吃。"

"真有白馍吃？"

"达不糊弄你，闹好了，不光有白馍吃，还有猪肉吃哩。赶明天我就领你去试试？"

"达，俺听你的。"

老王头听了满心欢喜。老王头是个软心肠的人，欢喜归欢喜，可一旦让孩子离家去做长工，又有几分不忍。

"柱子,达我也是没有办法。按说你年纪这么小,不该让你出去做事,但咱是外来户,没根基。你出去学点心眼,长大了,也好帮帮你弟弟。"

"达,你不用说了。你能收留我,我早该报答你的恩情了。"

"你能说这话,达我心里这才有点空儿。"

"柱子,别怨你达心狠,咱也是被逼得没法子啊。"老王头的婆子开始抹眼泪。

"娘,我懂。"

第二天,老王头就领着柱子去了花棵河村东头最大的财主赵白眼家。

第三章

赵白眼家住在花棵河村最东头,高高的地基上有一处宽敞的宅院,灰瓦粉墙,花木葱茏,屋脊高耸,富丽堂皇,在贫瘠的花棵河边煞是显眼。 赵白眼家的三进院,属于传统长方形的大四合院。 黑漆大门上方用木匾刻了四个浑厚遒劲的大字——"耕读世家"。 进了大门,第一处院正中间是祖宗祠堂,里面供奉着赵家的列祖列宗。 赵白眼逢初一、十五都要斋戒、上香、祭奠。 东厢房是骡马店,里面有花棵河最好的两匹枣红色公马,一匹黑色的骡子,一头棕色的母驴。 骡马用于耕作,或农闲时借给人家用于婚丧嫁娶。 毛驴用于推磨压碾。 里面还有两架枣木和槐木拼制而成的马车,那是花棵河最好的马车。 其中的一架用猪血红大漆涂就,锃光发亮,上面有红绸扎制,专供喜事用的。 花棵河人家有儿女结婚出嫁的,都要提前跟赵白眼预约。 能用上赵白眼的婚嫁马车,那是谝上天的荣耀。 西厢房是长工、下人们的卧房。 一个驼背看门人郑老头住在里面。

第二处院是书房、主人卧室和会客厅。 会客厅里悬挂着圣城名宿桂馥书写谢振定的一副楷书对联:"守道不多金鼎重,居身常抱玉壶清",两边墙上分别悬挂着郑板桥的墨竹和"难得糊涂"匾额,还有几幅不知谁画的"梅兰竹菊"四连屏。 半仙桌后条几上摆放着一对五子献桃图的粉白瓷瓶。 八仙桌椅都是上好的枣木、槐木做就,上了大漆,一尘不染。 赵白眼早年是个读书人,先是在私塾里开蒙读经，后进入新式学堂，满肚子里装满了合时宜的和不合时宜的学问、知识。因为性子里的孤傲、骨子里的拗劲，他和谁都合不来。做官，官不成；教书，又嫌责任太大；做职员，忒累，不赚钱，更不是那块料儿。他只好在家里待着，受了祖上的荫庇，靠着几十亩良田，租一半，自种一半，每年靠着殷实的租子和收成，小日子过得倒也十分滋润。赵白眼毕竟是个读书人，知书达理，忠厚持家，他又乐善好施，低调做人做事，善于周济乡里，睦邻友好，村里人都叫他"赵善人"。

赵宅的最后一处院子是赵白眼家眷居住的地方。里面栽有不少的石榴树、香椿树、核桃树，春上吃香椿，秋里吃石榴和核桃。一棵高大的榆树分外耀眼，树冠斜溢出高高的青砖院墙。到了春上，榆钱儿开片，赵白眼都会叫长工们爬到树上撸上几箩筐的榆钱儿做榆钱儿窝窝头、榆钱儿炒鸡蛋，赵白眼就好这一口。院子里还有几株丁香、海棠，一挂紫藤，每到春末夏初，满园香气关都关不住。赵白眼娶了三房老婆，清一色生的都是闺女。重男轻女的赵白眼活到四十九岁时泄了气，再不提另娶亲生子的事儿。老榆木疙瘩脑袋的赵白眼，私塾里学来的理念，"不孝有三，无后为大""唯女子与小人难养也"，陈腐的古训在他心里早就生了根发了芽。"没儿子的命，不知道哪辈子造的孽，这是让我断子绝孙啊……"看门的郑老头经常听见赵白眼三更半夜在书房里唉声叹气，也不敢进去劝他。因此，赵白眼一点也不待见家里大大小小的千金小姐们，看见满屋子跑的清一色丫头，他就心烦意乱。打老早，赵白眼干脆就搬到了第二进院，再不去婆娘孩子们住的三进院。因此，对几个女儿的管教也就漫不经心荒疏起来，任由孩子们野生粗养。

老王头领着柱子来找赵白眼的时候，赵白眼正在书房里午休。他蒙眬着一双白眼，睨视了一眼柱子，掂量着他结实的身板倒是个干活的好材料，心里已有三分的满意，但嘴上却说："老王头啊，你也知道我原本就只有几十亩良田，早些年因为修建津浦铁路硬是给啃去了十几亩。地少了三分之一，可是我一个长工也没减呐。现在是僧多粥少，不缺人手啊。"

"赵善人，恁也知道俺是从河南逃荒来的，瓦无一片，地无一垄。眼看着孩子大了，得学点庄稼人的本事不是？您就发发善心，给孩子一口饭吃吧，让孩子学个心眼也中！"老王头说得十分恳切。

赵白眼说："老王头啊，咱这里一不是救助站，二不是收容所，没有白吃白喝的理儿。再说啦，孩子那么小，才十一二岁，能干点啥啊？"

老王头一听话里有了缓儿，立马使出软磨硬泡的硬功夫，戚戚楚楚抖落出一大堆可怜话、奉承话、掏心窝子的话，铁了心要把柱子拴在赵白眼家的牲口桩子上。

赵白眼眯着眼瞅瞅低眉顺眼的柱子，又瞅瞅可怜兮兮一味哀求的老王头，连连摇头叹气。最后勉强答应说："孩子收下可以，只管吃管睡，两年没有工钱。等成人了，看本事再定，是走是留，两相情愿。"

"中！中！好着来！好着来！"老王头满脸泛着油光，止不住千恩万谢地走出赵家大院。

过了年一开春，老王头就给柱子置办了一身新衣服，把柱子领到赵白眼家，开始了他别样的人生。

第四章

　　花棵河上有铁路桥，花棵河村跑火车，这是花棵河人最骄傲的地方。

　　始建于1908年的津浦铁路是清政府到民国初年的一个大手笔，是当时中国第一条现代交通大动脉，南北交通的要道。能在花棵河村设一个四等小站——花棵河站，实属偶然。正是因为这个偶然，花棵河村演绎了多少又哭又笑有喜有悲生生死死起起伏伏轰轰烈烈的人间悲喜剧。这大多要拜衍圣公孔令贻的恩赐。

　　打开地图会发现，孔仲尼生息所在的圣城明明地处津浦铁路直线位置，铁路却绕开圣城拐至西部的九州之一——兖州，令人百思不得其解。纵贯山东全境的津浦铁路，自泰岳南下后本拟直指亚圣老家——孟子故里邹城，但线路却忽然从磁窑镇绕向西南，至兖州后猛然掉头折返东南而至邹城，画了一个大三角。细看地图，人们不难发现，在这个大三角的虚线底边上，孔子故里赫然在焉。

　　光绪三十年的一个深夜，衍圣府前上房的油灯很不寻常地彻夜未熄。三十二岁的衍圣公孔令贻不停地在房子里踱步，不时地坐下，再起身，又踱步……有一个难题让他忐忑不安，特别纠结：听说津浦铁路经过孔家至圣府的家门口，这可咋办？

　　规划中的津浦铁路北起天津总站，南至南京浦口，纵贯山东全境。几天前，一个消息传到了曲阜，根据津浦铁路南北径直走向，铁路线将直接穿过圣城的西边，其中有一段距离至圣林西墙根仅有50丈。 这天夜里，圣人的子孙们齐聚至圣府前上房，敦请这位袭封衍圣公的孔子七十六代嫡孙裁决定夺。

"那'铁长虫'成天嗷嗷叫，列祖列宗们怎生安息？"

"烧煤的那铁劳什子，山呼海啸，惊我圣墓；浊烟秽气，污我圣脉啊。"

"那铁家伙跑得那么快，一日好几百里，万一要招来盗匪怎么办？"

大家众说纷纭，焦急万分。

经过一夜的商议，孔令贻决定以"震动圣墓""破坏圣脉"为由向朝廷呈文，请求津浦铁路绕过孔林。 呈文层层上报，递到了慈禧手里，老佛爷立时准奏。 此后津浦铁路改线，自泰安南下后忽然从磁窑镇绕向西南，至兖州后又猛然掉头折返东南至邹城，圣城曲阜便处在这条弧线之中。 站点只设圣城西北的花棵河村火车站。

花棵河村因此打破了几千年的宁静和闭塞。 村子边，车站旁，夜里开始有了照明灯光。 南来北往的商贾、官人、盗匪、乞丐、士子、文人，知道这里有个花棵河村，知道由花棵河站下车，可以去三孔朝圣，可以霑溉圣泽贤露，可以吃圣城的熏豆腐，喝圣城的贡粥就羊肉。 由于花棵河村火车站离至圣府不足10公里，彼时的交通还很落后。 上下站的客人常常要在花棵河站附近住上一宿。 即便是孔家人外出或迎接送行也要从花棵河站进出，也要走很长时间，花好多气力，费很多周折。 花棵河村悄无声息地热闹起来。 有了旅店、酒馆、茶楼、卖场，甚至有了供男人销魂的赌寮和窑子。

第五章

柱子在赵白眼家做长工，一晃就是两年。割草、喂猪、放牛、看羊、饮马、赶驴、烧锅、拾柴火，杂七杂八的，没有不干的活儿。也常帮着长工刘罗锅铡草、出圈儿、垫土、捶牲口、拌料儿。晚上跟刘罗锅睡。冬天两个人睡在牲口棚的草垛里。夏天睡在偏房的露台上。刘罗锅是个老光棍，晚上没少给柱子絮叨男男女女的妖冶话、蹊跷事。柱子似懂非懂，迷迷糊糊，有时候听得面红耳热，心惊肉跳。有时候又觉得刘罗锅甚是无聊，胡编乱造，净说些荤段子过嘴瘾。柱子毕竟还是个十几岁的懵懂孩子。

跟着刘罗锅，柱子偷偷学会了抽旱烟，学会了唱梆子戏小调，也长了不少本事。柱子遛马放驴喜欢跑到花棵河站旁边的树林子里。望着呼哧呼哧奔驰的火车，他真想知道火车道外有着怎样的大千世界。他把马拴在铁路旁的杨树林子里，一个人跑到德国人建造的车站候车室和售票房外边，久久地望着红顶黄墙的小洋楼发呆。小洋楼有一米多高的石裙子，都是由六七十厘米见方的灰石砌的。裸露在外面的是凿得非常粗粝的凸鼓肚，里面是平面，平凸有致，节律感十足。柱子一见到这石鼓肚，就想起过年炖的大肥肉块子。带皮的，一炖，肉皮发紧，肉膘膨胀，酷似里平外凸的石裙子。柱子站着，吞咽着口水。越看越馋，越馋就越想过年了。

在赵家，柱子有了要好的玩伴儿——赵白眼三房生的小妮子赵伊灵。

赵白眼的三太太在赵白眼四十九岁那年生下一对龙凤胎。令人咋舌的是三太太生的龙凤胎相差了两天零一夜。生下的第一个还是和以前的一个样，女儿。赵白眼看都没看一眼，整个身子像瘪了气的轮胎。刚生下的女娃整整七天，不哭也不叫，不拉也不尿，赵白眼以为是个哑巴残疾呢，更增加了一层厌恶和灰心丧气。谁知过了七天，这丫头片子忽然大哭大叫起来，拉了一泡屎，尿了一泡长尿。这之前，三太太也没消停，在炕上肚子疼得死去活来。赵白眼几次叫刘罗锅去喊花棵河村的郎中孔效愚来诊视。戴圆眼镜的孔效愚把了很长时间的脉，下意识地瞥了一眼三太太还在隆起的肚子，沉吟良久，才慢吞吞地说："恭喜赵老爷，三太太怕是又要生了。"赵白眼立马就傻了，酥在那里，半天冒出一句："就是小狗小猫也得数月怀胎一朝分娩啊，这……这……这怎么可能呢。"孔效愚趁赵白眼还在发愣的时刻，偷偷地溜走了。

鼓捣到下半夜，一声清脆的啼哭打破了花棵河村子夜的寂静，赵白眼得了个胖小子！赵白眼大喜过望，高兴得疯了一样。跑到前院上房，对着列祖列宗的牌位，涕泗横流地磕了好几个响头。

赵白眼在花棵河村大摆了三天三夜喜宴。凡是村里的男女老幼，只要有胳膊有腿的，能动的，都去他家喝喜酒，喜金给与不给勿论。没胳膊没腿的，他让跑堂的小伙计挨家挨户将喜酒荤菜送去，要的就是个喜庆。

谁知天有不测风云，不出百天，赵白眼的宝贝儿子得天花死了。街上的人都说，还是没儿的命，强要的留不住。也有的说，这天道莫非变了吗？赵善人一辈子积德行善，怎么就不得好啊。还有的说，赵白眼高兴过了火，老夫子不是说了，过犹不及嘛。干什么事都得有个度。你看赵白眼有了儿子那个张狂疯癫劲儿，村里村外的张罗得惊天动地，不倒霉才怪呢。

赵白眼复归哀叹。一下老了许多。甚至一提儿子这两个字就头痛欲裂。他病倒了，一蹶不振。幸好有老郎中孔效愚的精心调理，好几个月才缓过劲来。以后他再不提另外娶亲生子的事，也不再去三太太的炕上行文王周礼了。

满屋的丫头片子，满屋的莺莺燕燕，赵白眼干脆住到了二进院的东厢房，很少再登进三进院一步。

三进院里成了女人的世界。尤其是渐渐长大的小闺女赵伊灵更是活蹦乱跳，烂漫无忌，全无规矩，常常混迹于下房，跟在柱子的屁股后面，柱子哥长柱子哥短地叫着。花棵河里溜冰戏水，摸鱼捞虾，灌木丛中逗狗唬猫，斗鸡赶鸭，村头院外爬墙上树，抓知了猴，掏鸟蛋，戳马蜂窝，捉老鸹，伊灵跟在柱子后面玩得快意。

春天因为青黄不接，花棵河村的人饿着肚皮干活是常有的事，实在支撑不下去了，只好外出乞讨。赵善人知道了，总是劝人不要出去，那是打孔圣人的脸啊。他主动放债借粮，秋后收成了再还，并无利息。大家都念赵善人的好。柱子虽然在赵家勉强能填饱肚皮，但一个半大孩子来到春天里，总是有不干点蹊跷事就心里痒痒的冲动，总是想着到田野里撒撒欢，觅点野食。与其说是本能，毋庸说是天性。柱子来到田野，在花棵河两岸，焐过发了霉的地瓜吃，用搪瓷缸子煮过青蛙吃，捅过鸟窝，取下鸟蛋回到牲口棚里煮着吃。柱子太有能耐了，小小的伊灵总是如影随形跟着寻乐。

最美的一次，是用黄泥烧麻雀吃。在伊灵看来，那是有生以来吃过的最好的人间美味。柱子在场院里用一根木棍支起箩筐，木棍上下端系上一根细细的绳子，捋长了另一头藏在隐蔽处。箩筐下撒上一些瘪谷小米做诱饵，等麻雀下来啄米时，躲藏在绳子另一头的人，把绳子一拉，就能罩住好几只麻雀。一天下午，他们一共逮住了十几只。伊灵高兴得嘎嘎直叫。两只俊俏的，柱子找来笼子，让伊灵养着，每天喂食喂水。其他的都放飞了。可是，麻雀是个自由惯了的鸟，你把它锁在笼子里，没两天就绝食而死。伊灵痛苦地哭了起来。刘罗锅哄伊灵说："什么鸟什么福分，强求不得。麻雀就是满天撒欢的物件儿。等让柱子给你逮只翠鸟养着玩。"伊灵这才止住了啼哭。果然，没几天，柱子就在田野里用箩筐罩住了一只翠鸟，送给伊灵。伊灵兴奋异常，喊柱子哥的声音像抹了蜜一样甜。

一天，柱子叫来伊灵，说今天让她开开野荤。柱子把罩来的七八只麻雀展示给伊灵看，说："今天让你吃这个。"伊灵圆眼大睁："这个也能吃？"柱子让伊灵找来了大姨娘的剪刀，宰起麻雀来。然后两个人出门到田野里找了个斜坡地，顺势挖了个像炉灶一样的坑。找来许多枯枝树叶。粗一点的木棍架在灶上，上面码上不规则的石块、土坷垃。麻雀剥好，就着河水洗净血水，再用黄泥包裹严实，备用。接着开始烧火，枯枝、树叶、秆草，尽情地烧，烧得炉膛里有了底火，树枝成了木炭。架在上面的较粗的木棍也快烧断了，石块、干硬的土坷垃烧得通红。然后把黄泥裹着的麻雀投进炉膛中，先轻轻地踩塌上面的东西，然后用湿土盖严，踩实。好了，等吧，半个小时以后，人间美味——黄泥包麻雀就可以出炉了。刨去灰土，磕开黄泥包，一股沁脾的香气扑鼻而来，鲜亮、焦嫩的麻雀肉核儿就可以品尝了。那个香味儿，人间少有。伊灵吃得最为惬意。一口气吃了三只。柱子看着伊灵的吃相，咧开大嘴笑个不停。

不想，伊灵肚腹不服，当天晚上就上吐下泻。赵白眼请来村里郎中孔效愚开了三服中药服下，才算平安无事。

赵白眼知道了缘由后狠狠斥责了一顿柱子。躺在炕上疼得哭爹叫娘的伊灵趁赵白眼不注意，转脸瞅了一眼像霜打的茄子似的柱子，扑哧一笑。这一笑，来得突然、迅猛，刹那间收回，柱子都没来得及接收就消失了。这就足够了，伊灵的莞尔一笑在柱子毛糙糙的心田里愣是开出一朵花。任是赵白眼如何斥责、打骂，他迷迷糊糊地觉得伊灵的笑穿透了他的心。赵白眼斥责了些什么，柱子全然没有听见，只一句数落伊灵的话，他听得分明。

"这妮子长大了肯定不是盏省油的灯！"

第六章

伊灵长大了，出落成一枝花似的大姑娘。不仅脸蛋儿长得俊俏，光那两只仿佛能说话的大眼睛就人见人爱，天然一股子清新朗润之气，活脱脱花棵河里的一株小白荷。身条子也发育完善了，该凸的凸，该凹的凹，凹凸有致，浑身上下鲜活洋溢，而且禀赋异常，聪慧伶俐，能说会道。赵白眼在七个闺女中独独喜欢伊灵。八岁那年先是让她上民国新式学校——花棵河民国小学。十五岁了，伊灵闹着要到县城里上中学，几个太太都反对。"这闺女心性太野，断了线的风筝还不知道挂到哪棵树枝上惹是生非。""女孩子早晚要嫁人，脚也不裹，女红也不学，锅台也不转，傻子才会娶这样的闺女。""女子无才便是德，读那么多书有啥用。"满房的人七嘴八舌，说三道四。但有一条，就是反对伊灵去县里继续读书。

赵白眼一时也拿不定主意。

伊灵有她的办法。一开始她把自己关在闺房里绝食抗议。她和柱子商量好，半夜里让柱子通过后窗户给她送熟地瓜或窝窝头吃。绝食不奏效，她又搬来外援。花棵河民国小学的校长关敬轩是赵家的远房亲戚，早年在日本留过学，参加过孙中山领导的同盟会。因为意见不合，愤而回乡，设帐授徒。民国后学校改为新式小学，自任校长。在花棵河，赵白眼最敬重的就是这位见过大世面、德高望重的关校长。

伊灵去找关校长，让这位远房亲戚去做赵白眼的工作。果然，关校长和赵白眼喝了一壶茶，还没上菜喝酒，赵白眼的思想就开通了。

一天晚上，赵白眼把柱子叫到上房，吩咐道："柱子，明天你到县上送伊灵去上学。"

"俺……七小姐她……"柱子忽然结巴起来。他没想到天上掉的馅饼来得这么突然。他惊愕，不知所措。

"七小姐她明天要去县城上中学了。"

"俺还要赶车。"

"你不用赶车了。七小姐她要出远门了。"

"俺不去，俺要赶车，运粪，上地。"

"你这小子，什么时候开始学会了犟嘴？"

"……"

柱子知道，赵家的长工正忙着春耕春种，一个闲手也找不出。但赶车运粪上地早一天晚一天不碍农时。

柱子拗不过去，只能答应用独轮车送伊灵去县城上学。

到了晚上，柱子在炕上像烙饼似的，翻来覆去睡不着。

"这熊孩子，翻腾个啥，莫非病了不成？"刘罗锅几次去摸柱子的头，没有发烧的迹象。

柱子有生以来第一次尝到了失眠的滋味，第一次有一种莫名的惆怅，心里空落落的。以他少年的懵懂和混沌，他还真想不出伊灵去县城读书意味着什么，心里只是出奇地毛躁，烦闷，莫名其妙。

第二天是个大好的晴天，后房院老榆树上的喜鹊叽叽喳喳叫个不停。柱子正烦着呢，以为这是和自己阴郁的心情唱反调，十分恼怒，顺手捡起一块石头就打了过去，不想石块落下来啪嗒一声砸坏了赵白眼家的咸菜缸。柱子不敢声张，看看四处无人看见，急匆匆地装好了伊灵的箱子，就催着伊灵上路了。

伊灵犹如出笼的小麻雀，在大好春光里有种说不出的新鲜和自在，一路上叽叽喳喳说个不停。一会儿逗逗连翘枝上的麻雀，一会儿眺望天空中南归的燕子，蹦蹦跶跶，一路欢歌。

春天的气息鼓荡着少女的心扉。看到满河的春色，伊灵拿出刚发的《初中国文读本》第一册，上面有青年文学家朱自清专门为朱文叔主编的教材撰写的散文《春》，她禁不住大声朗读起来：

盼望着，盼望着，东风来了，春天的脚步近了。

"柱子哥，你听课本上朱先生写的散文，描写得多美呀。"伊灵兴致勃勃地跟柱子说。

柱子闷闷地还是推他的车，一句话也没有。

"和你说话呢，木头人。柱子哥，你听见了没？"

问得急了，柱子说："你美你的，俺不懂。"

"木头，榆木木头。"伊灵笑嘻嘻地嘲笑柱子。

沿着花棵河一路向南，过了铁路桥就是连翘茂密的河中央了。

"柱子哥，你怎么老不说话啊？我惹罪你了？"伊灵问。

柱子还是闷闷不语，对伊灵不理不睬，独自想他的心事。想什么呢？迷迷糊糊，空空荡荡，总觉得要少了什么似的。

"柱子哥，我的脚磨破了。这咋办？都怪二姨娘，我说不穿这双新鞋的……"伊灵半蹲在地上嘟囔着，索性脱了崭新的绣花鞋。

无奈，柱子只好让伊灵坐在了独轮车上，推着她走。

春风和煦，吹在脸上像无数的牛舌舔舐着面颊，撩人心痒，又熨帖舒服。柱子推着独轮车慢腾腾地走着。温暖的风将伊灵身上的馨香吹到了柱子的鼻腔里，使他气促胸闷，心旌摇荡，脑袋里有一种快要爆炸的感觉。咕噜一声，独轮车翻下了河沿，箱子和伊灵一起滚到了河里。柱子登时清醒了许多，也顾不上脱鞋就去拉伊灵。伊灵的小手白嫩如雪,柔若无骨。一股混合着连翘花香的芬芳直沁心脾。

还好,花棵河的水不深,伊灵也没伤着,只是河水湿了伊灵新做的衣服。

微风吹过,连翘花黄黄嫩嫩的,一排排密密匝匝,摇曳颤动,微微绽蕾抽绿的初芽,显示出异常勃勃的生机。伊灵在连翘灌木丛密集的地方替换了湿了的衣服。

第七章

　　花棵河南头，火车站下，铁路桥右侧有家小旅馆，名叫"尹春居"。紧挨在旁边有家小酒馆叫"吕馆"。其实，尹春居和吕馆的掌门人都是人称"尹大嫂子"一人的，"居""馆"是一条秧子上结的两个瓜。尹春居供上车下车的行人下榻夜宿，偶尔也偷偷摸摸、明的暗的做做皮肉生意。男人们想要消遣——划拳，喝酒买醉，打牌，搓麻将得去吕馆，就找吕掌柜——尹大嫂子的丈夫。要想出出火，解解馋，就得找尹大嫂子。尹大嫂子和吕掌柜是一对"天作之合"，谁也不碍谁的事，谁也不嫌弃谁，配合得天衣无缝，这在圣城实在是件很奇葩的事。自从有了铁路，这对"神仙"，靠着一个四等小站，生意还真红火。南来北往的，走过路过的，羁旅行役，商贾游学，贩夫走卒，都愿意到尹春居、吕馆打打牙祭，一试深浅。

　　尹大嫂子是一位风骚多情的少妇。不到三十岁的年纪，一个外地流落过来的女人，人高马大的，丰乳肥臀。有人说她是当年修津浦铁路遗留下来的野种，也有人说她是从苏北逃难跑过来的，关键是花棵河一带没人知道她的真正底细，好像从地缝里忽然冒出来这么一个主儿，一露头就被吕掌柜的爹逮了个正着儿。那时候吕掌柜的爹靠在街头给人剃头为生。民国了，剪掉辫子，剃头的生意忽然好了起来。但因为他死得早，谁也无从向他求证怎么遇上了尹大嫂子，怎么又婚配给他的儿子的，这些都叫吕掌柜的爹带到棺材里去了。

尹大嫂子皮肤白得像牛奶，乌黑的头发像油漆，笑脸像鲜花一般，两个奶子如灯笼般高高耸立在胸前，走起路来一颠一颠的，惹得男人们的眼珠子都快掉出来，只能一个劲儿地往下咽唾液。她性情泼辣，能说会道，待人该软时软，该硬时硬，引得十里八村的泼皮无赖，上站下站的男人们无不垂涎三尺，想入非非。

就是这样一个女人，虽说已是两个孩子的妈，但在男人们眼中就像是刚出水的睡莲花、熟透了的水蜜桃，总要想方设法找个借口接近她，与她套套近乎。而她总是面带微笑地对待所有那些无话找话没事找事的男人们的骚情。

花棵河人冬天农闲时，男人们喜欢聚在尹春居一起打牌九、搓麻将，女人们则在家里扯闲篇儿，老王家的猫被狗咬了，老李家的婆娘让人偷了，捕风捉影。尹大嫂子有自己的生意，从不串门去和小媳妇老婆子们嚼舌头。在尹春居，看着男人们玩牌九、搓麻将，有时人手不够，也凑个局儿。

尹大嫂子干事很有自己的分寸，便宜也好，吃亏也好，一切都有自己的主张。

尹大嫂子的名声越来越响。县城和乡公所里有头有脸的，有事的没事的，有钱的没钱的，都愿意往花棵河跑，都想来见识一下尹大嫂子的风姿。

尹大嫂子和吕掌柜在花棵河没几年就发了财，修了一处宽大的院子，一砖到顶的起脊大房子，里面置办了当时最时兴的家具。

第八章

老王头的如意算盘打得啪啪响，没过几年，立马奏效。收养的柱子十三岁就可以从财主赵白眼那里拿到两块大洋。老王头走乡串户，掐字卜卦，生意也越来越好。老王头渐渐也成了花棵河有头有脸的人物。财主赵白眼、老郎中孔效愚、老秀才溪莲居士、乡公所丁大头、火车站巡道长李老三、接生婆崔婆子、尹春居吕掌柜、做皮肉生意的尹大嫂子、剃头铺子里的老胡，甚至小学校长关敬轩，都把老王头当成座上宾，不再把他当外乡人看。红白喜事、婚丧嫁娶、破土动工、开铺庆典、祭祖上坟、升学求职、生儿育女，乃至王家丢了一只鸡，张家少了一只鸭，张三癔症梦游上错床，李四牛马不合槽，等等，一本正经的事、不正经的事、礼仪事、破烂事、蹊跷事、烦心事都会找老王头卜上一卦，占上一局，是好是歹，心中好有个张罗。一碰见事，"找王半仙算一卦去"，成了花棵河人的口头禅。

王半仙也知道自己的斤两，明白自己的本事。每当遇到事，他总是小心翼翼，左掐右算，察言观色。有十分把握的也只说七分，留下三分，好有个退路。一点把握也没有的，就谦虚一番，说自己的道行尚浅、另请高明之类的话，就少收点钱或者就根本一分钱也不收。你还别说，老王头还真在几次关键的判断上给算准了。乡公所丁大头升迁，铁路巡道长二婚，吕掌柜丢钱，尹大嫂子被抓，都让王半仙掐算得毫厘不差。神了，花棵河出了神人。王半仙成了远近闻名的"小诸葛"。王半仙的美名不胫而走，十里八乡，一传十，十传百，声名鹊起。花棵河集上，王半仙的摊子前挤满了人，算卦的，看热闹的，学心眼的，里外围了好几圈。王半仙成了集上最忙碌的人。

王半仙渐渐有了积蓄。他盘算着，有两个要干的急事儿。一个是，要把柱子挣回的两个大洋用到小儿子身上，以外养内，以儿养儿，才不枉收养柱子多年的耗费。他满怀欣喜地把梁子送到花棵河新式民国小学，跟着关敬轩读书，觉得做了一件对得起祖宗的大事情。另一个是他要在花棵河置一处宅子。只有在花棵河有了自己的宅子，才算是真正扎下了根。自古祖上有遗训，有钱置房子置地，才是日后兴旺发达的硬道理。这道理，王半仙心里倍清。可这置宅子不是仨瓜俩枣的钱就能办到的。到哪里挣钱置宅子去呢？

王半仙的亲生儿子王子梁上学了，还是那么精瘦，胆小。书读得不赖，关敬轩每每夸赞他的聪明，王半仙每每深感欣慰。

夕阳西下，牛羊归圈。走街串巷，一身疲惫的老王头一踏进破庙，看见小儿子在香案上写毛笔字，或者走在回家的路上，仿佛远远听见小儿子背《论语》的声音，立马浑身就舒坦起来，腰酸背痛的疲倦瞬间烟消云散。家有读书郎，不愁日后不发达。王半仙心里装着希望。王半仙识字虽不多，但他记牢了"书中自有黄金屋，书中自有颜如玉"的古话，就盼着儿子有朝一日书读好了，飞黄腾达，升官发财，光宗耀祖，他也不枉来世上走了这一遭。更让王半仙得意的是，亲儿子的学费是养子挣来的，这叫"拾起坷垃砸坷垃""用别人的流水浇自己的田"，几年的粗养立马见到了红利，这怎能不让王半仙晚上做梦都笑出声来？这笔买卖做得划算极了。

眼下，王半仙的心病是什么时候能在花棵河置下属于自己的一处宅子。有了自己的宅子，王半仙才敢在花棵河喘口大气，而不只是喘在破庙里，喘在夜深人静的睡梦里。

有一回吕掌柜家里丢了钱票，来请王半仙去卜了一卦。王半仙探究原委，掐指一算，说肯定是店里的小伙计狗皮偷的。吕掌柜叫来狗皮一诈，问他下雨天去县里"夜来香"喝花酒哪来的钱。经不住一唬二诈，狗皮就一五一十地交代了。

吕掌柜要答谢王半仙，拿出好酒好菜伺候着。酒桌上两人越喝越热络。几盅下肚，吕掌柜说话也就没了个把门的。吕掌柜说你王半仙算卦算得那么准，你能算算什么时候，你能在花棵河村置上宅子、买上地呢？什么时候能搬出夏不避雨冬不挡风的破庙？到那个时候你才算得上是一个地地道道的花棵河人。

王半仙酒量大，没醉，他听得仔细。吕掌柜这是在嘲笑他。王半仙心想，你吕掌柜住在这宽宽敞敞的深宅大院，吃香的，喝辣的，风吹不着，雨淋不着，靠的还不是你老婆，有什么好张扬显摆的？你还好意思数落别人？想我王半仙流浪到此，走街串巷，风吹雨淋，靠的是自己的三寸不烂之舌，虽置不上房，买不下地，也比你靠老婆换来的富足来得荣光。你也不撒泡尿照照自己是个什么嘴脸，还好意思埋汰我？

吕掌柜的话一字一句好似一把小刀，一下一下剐在王半仙的心上，疼痛难忍，滴答滴答流血。王半仙的自尊心受到严重伤害，受不了这般侮辱。现在不是刚来花棵河那几年了，我王半仙好歹在花棵河也算是有点头面的人了。

王半仙要在花棵河弄点响声出来，要让花棵河知道他的存在。好嘞，这声响就在你吕馆里引爆，你给我兜着。王半仙的脑门子青筋暴起，突突作响，好似翻山倒海一般。

王半仙佯装喝醉了，支支吾吾，骂骂咧咧，东倒西歪，跟跟跄跄。突然，也不知他从哪来的一股巨力，奋臂掀翻了吕掌柜家的酒桌。稀里哗啦，杯碟盘勺狼藉撒落一地。王半仙大吼着三十年河东三十年河西、狗眼看人低之类的骂声，扬长而去。

吕掌柜这把小刀一戳，王半仙真的需要疗愈心头的创伤了。他觉得要在花棵河置办一处宅子的事再也不能拖了。

经过缜密的考察，王半仙看好了花棵河西头白绝户家的一处宅子。白老头夫妇一辈子没结一个瓜，膝下没儿没女。眼看小七十的人了，黄土埋到脖子梗，没几年活头了。

王半仙多了个心眼，知道自己亲自去谈这事，肯定办不成，也没法开口讨价还价，就想着找个中间人。

找谁呢？这让王半仙颇费心思。这个中间人在花棵河得有威望，撑得起门面，说话能算数，还得有心机，叫大伙儿都信服。德高望重和老奸巨猾必须兼而有之。

王半仙找到了赵白眼。

一进门，王半仙提了一包用荷叶裹着的烧肉，放在几案上。

寒暄过后，赵白眼问："么东西，这么香？"

王半仙说："好东西，刚出锅的一挂'驴下货'，恁尝尝滋味。"

赵白眼一怔，脸略红，微微一笑。

"半仙啊，客气了，你怎么知道我好这一口？"

"花棵河谁人不知赵善人还在为'后'忙活？"

"不忙活了，不忙活了。老了。"赵白眼打哈哈。

"老了，更得补补。你没听孔郎中说，吃什么补什么。"

"不中用了，不中用了。"赵白眼还在打哈哈。

"老当益壮，补补更会虎虎生风。俺听说这补身子，也有个讲究，得是原套的，一挂，全的。驴圣，驴宝，红腰，一个也不能少。"

"哈哈哈哈。半仙啊半仙，真有你的。"

王半仙故作神秘地贴近赵白眼的耳旁，窃语道："赵善人，恁后进院的家眷房子不能老空着。老空着，碍不着有个尺短寸长。"

赵白眼脸色一红，说："半仙说的是，家眷房子老空着，容易遭贼！"

赵白眼颇有深意地看了王半仙一眼："你的心意我收下了。"边说边把那包"驴下货"放到橱柜里。

落座后，赵白眼说："半仙，你不会是专门给我送'驴下货'来的吧。"

王半仙说："没别的事，没别的事，就是来给赵善人请个安。"赵白眼的单刀直入反叫王半仙一时无所适从，不知话从何说起。

吃了几口茶，王半仙思量了好一阵子，便开口道："赵善人，你胖了。"

赵白眼摸摸腮帮子，又摩挲了几把肥圆的肚皮，说："没胖。"

王半仙又说："要胖了。"

赵白眼说："借你吉言，说我胖了，就是要发财了，什么时候还能发财啊。半仙，你算得准，就给我算算。"

王半仙说："俺就不虚火兜圈子了，赵财主，有笔小财你要不要发？"

天上不会掉馅饼，赵白眼故作不理不睬，转过头去，专心致志地伺候他笼子里的八哥鸟。看王半仙并不急于说话，赵白眼良久又慢条斯理地说："你王半仙上可通天，下能知地，'小诸葛'现世，神机妙算，料事如神，有财自己发，有钱自己赚，有好事还能落到我老赵头上？"

王半仙一听有门，赶紧说："赵善人，戳破窗户纸，说句亮堂话，俺想盘下村西头白绝户的那处院子。"

赵白眼说："干俺老赵何事？"

王半仙说："恁得给俺做个保人。"

赵白眼说："净想好事。白绝户人还没死。"

王半仙说:"人死了,钱给谁花?"

赵白眼翻着青眼,琢磨着,沉吟了很久,方说:"还别说,半仙你还真琢磨了件善事。"

王半仙的如意盘算是这样打的:

让赵白眼当保人,白绝户的房子作价一百个大洋过户给王半仙。老绝户人活着先花着钱。等死了,卖房的钱也提前享受了,不至于人死了,一辈子积累的这点家产白白打了水漂。双方商定,买房的大洋以十年为期,一年还一成,一年十个大洋,十年还完。若是十年内老两口都走了,余款的四成给保人做保金。若是十年内老两口都没走了,活几年白住几年。中间若是一个老人死了,买房人可以先入住一半的房子。

"五成。"赵白眼说。

"四成。"王半仙坚持。

"五成!"

"四成。"

"另请高明。"

"四成半!"

"送客——"

"五成就五成。"

"这不结了嘛,成了事又交了人情!"

"五成就五成,只要白绝户死得早,恁俺都有利。"

"你是什么鸟人啊,还有盼着人早死的。"赵白眼在半仙面前第一次爆了粗口。

"呵呵,你心里最明白——"

"你这鸟人真贼!"不过,赵白眼也觉得这是一件一箭三雕的大好事,"王半仙啊,不管怎么说你这也算是行善积德,在花棵河街面上也能说得出口。""彼此彼此。"两个人达成契约,妥妥地就去游说白绝户了。

白绝户一听这事，拍着大腿叫好："赵善人，你这是善待俺老绝户头啊，这买卖要做，这买卖要做！"

白绝户的婆子擦着眼屎说："就不知道俺还能活十年不？"赵白眼早就料到了这笔买卖的关键所在，只是装傻没说，没想到倒叫一个目不识丁的婆子说出口。

王半仙说："能，怎么不能。恁想啊，恁一年就有十个大洋。有了这十个大洋，恁就可以吃得好，喝得好。吃得好喝得好，身子板就硬朗。这一硬朗，就没病没灾，那不就能长命百岁了。"

白绝户说："半仙说的是。吃好喝好，身子骨就好。你个婆子，光想着死，就不想点好的。"

白绝户从小好吃懒做，年轻的时候游手好闲，偷鸡摸狗，过得还算自在。中年玩不动了，靠着花棵河野生的荆条子编些篓筐赚几个糊口的钱，有时也到外地贩些新鲜鱼来卖给圣府赚些差价。老了，靠帮衬村里人家红白喜事蹭口酒喝。岁数大了，折腾不动了，只好坐吃山空。现如今，一年不如一年，巴不得靠着唯一的祖宅赚个现钱，活一年自在一年。用三间破茅草屋做抵押，提前消费自己的唯一一点资产，划算！有口气，有口酒喝着，在白绝户看来就是神仙一样的日子。白绝户一万个答应。

"赵善人，你做主，你做主。"白绝户千恩万谢。

赵白眼说："虽说人生七十古来稀，活过这个岁数，八十九十的，耄耋老人，古亦有之，人能有多大的寿限那都是老天爷管着的，不是咱能当家的。"

"赵善人说的是，生死由命，富贵在天，这个理俺懂。"白绝户说。

王半仙接话说："老人家，恁要是还不放心，俺也豁出去了，就先付恁两年的定金,二十个大洋。 恁先花着,表表俺的诚心实意。"说着就从褡裢里摸出二十块大洋,一溜儿码在桌上。

"那敢情好,那敢情好。 别听死婆子的,定吧定吧。"

"我还是把丑话说在前头,我只是个中间保人,买卖成不成,你们自己说了算。"

两个人都说:"懂得,懂得。"

在赵善人的主持下,双方签字画押。

第九章

不承想，白绝户画完契约三天后就莫名其妙地被人杀死了，大洋也被人抢走了，他的婆子也被吓死了。

到过现场的人都说，白绝户死得凄惨，身上挨了三刀，一刀扎在喉咙上。可以想见，连呼救的机会都没有。歹徒应该早有准备，拨弄门闩、杀人的刀子不见了，但防备用的石灰粉撒了一地。白绝户肯定和歹徒有过搏斗，地上的擀面杖就是明证。歹徒应该是情急之下误杀了白绝户，他的初衷是要钱，而不是杀人。白绝户的婆子毫发无损，应该是被吓死的。这天的深夜，白绝户家到底发生了什么，无人能知，因为邻居们连一点呼救声也没有听到，看门的狗被下了药，第二天晌午才恢复了清醒。

吕掌柜亲口承认，出事前两天，白绝户还来过他的酒馆，要了酒、菜，美美地喝了个痛快。吕掌柜问他："想开了，不过了？"白绝户一开始还不作声，有酒了才说："只管打酒来，哪有那么多的话，一个铜板也不会少你的。"后来，喝高了，就一个劲儿地说"赵善人善待，王半仙仗义，花棵河厚道"之类的话。吕掌柜隐隐约约地知道了白绝户怀揣大洋的缘由，也就好生地酒菜伺候。临走，吕掌柜嘱咐白绝户说："白老头，别瞎显摆啦，小心贼惦记。"白绝户说："明儿俺就去县上钱庄走一趟。"

"命啊，这都是命。"

赵白眼着看门人郑老头把王半仙叫来，商量料理白绝户和他婆子的后事。

一进门槛，王半仙就啪啪抽了自己两个嘴巴："千不该万不该，俺不该说那句'只要白绝户死得早'，这不是咒白绝户走吗？ 谁想……"

"一语成谶。 命啊，这都是命！ 命中注定。"赵白眼说。

"你说这事闹的，这不知道的呢，还以为是我设计……"

"不是你找人抢了白绝户的大洋，毙了他的命？"赵白眼咕噜了几下眼珠，问。

"赵善人，你可不能红口白牙地这样信口开河，这是要抹脑袋掉头的。"

"事儿明摆在那的嘛，白绝户早死了，这房契上的房子，一百个大洋，你二十大洋就捞到手了。"

"赵善人，这账恁算错了。 俺还得付恁四十个大洋。 俺是六十个大洋买的。"

"你是赚大了。"

"赵善人，恁更是没吃亏。 不费吹灰之力四十个大洋进了腰包。"

"……"

赵白眼一时无语。

"半仙，这两天街上嚼什么舌头的都有。 说是咱俩合谋害死了白绝户，不仁义啊。"

"纯粹是污人清白。 有啥凭据？ 凭什么说咱俩害死了他。 明明是强盗半夜里撬了他家的门，入室抢了他的大洋，要了他的小命。"

"房契就是凭据。 白绝户不卖房子哪来的杀身之祸？"

"房契？ 天地良心，白绝户自己愿意的啊，白纸黑字，还摁了红手印。 上不欺天，下不瞒地，老戏上那句'周瑜打黄盖，一个愿打一个愿挨'啊。"

"话说至此，我也明白，就是给你一千个胆子，你也不敢害死白绝户。"

"亏得赵善人明理，为俺开脱。我就是再愚钝，也不会干那种秃子头上的虱子——明摆着的事。那不是往枪口上撞吗？"

"我也这么想。半仙啊，这两天我是光做噩梦，白绝户天天来索魂。睡不好，吃不香啊。"

"俺也是，一闭上眼，就是白绝户和他的婆子在我脑瓜子前晃荡。"王半仙唉声叹气，垂头丧脸。

赵善人说："半仙啊，我想了又想，还是按之前你说的办，这剩下的欠款，我就拿四成。"

王半仙一惊，赵白眼这是怕大难临头恶鬼来索魂吗？还是良心发现了，觉得太亏欠白绝户了？

王半仙说："这房契上不是已经写好的，你又变卦？"其实，王半仙心里恨不得就照此办理。

赵白眼说："就是我应得的这三十二块大洋，我也不要了。你看着就给白绝户和他的婆子料理后事吧。再剩下的，就捐到关敬轩的学校里去。"

"恁这是……卖的什么药？契约上写得一清二楚，是你的，就该你得，天经地义，白纸黑字，清楚着呢。"

"就照我说的办吧。"

"你怕了？"

"我怕什么？"

"你怕有人找上门来打官司！"

赵白眼说："要是白绝户有个亲戚能找上门来打官司就好了，我也有个说清道白的机会。"

"赵善人，俺不明白恁这是咋啦？"

"你在花棵河才几年，以后就明白了。我这叫修德补良。"

"修德补良？咱又没做亏心事，有理有据，一切都在房契上呢。"

"你还真不明白。花棵河就是花棵河，花棵河的人就是和别处的人不一样。你将来就是有了房子，有了地，你还是个外乡人。"

"赵善人，你越说俺越坠到雾里去了。"

"这花棵河人的嘴能把你抬上天，也能把你摁入地。"赵白眼说，"圣人待过的地方，有时候仁义道德胜过成捆的法定契约。你不讲仁义，不修德补良，试试，寸步难行！"

"咱没做亏心事，就不怕鬼敲门。"王半仙还是执迷不悟。

"是这个理不假。但我还是劝你，欠下白绝户的钱，等几年你还是全部拿出来。等你搬出'祈雨殿'，那破庙也该修缮一下了。"

"赵善人，修庙俺不反对，但说要我拿欠白绝户的房钱修庙就有点……"

"你还想在花棵河混日子做事不？即便是你不想混了，别忘了，你还有两个儿子要在花棵河居家过日子！"

"这……"

这击中了王半仙的要害。王半仙想，一切的一切，不都是为了俩孩子能更好地在花棵河活着，能人模人样地活下去。人还是要个脸面要紧。

王半仙出钱，料理好了白绝户的后事，心里踏实多了。赵白眼亲自起草书写了一份告示，贴在花棵河的牌坊上，把他和王半仙如何商议购买白绝户房屋的事情，前前后后，一五一十，一一说了个清清楚楚明明白白，这才开始睡了个踏实觉。关敬轩知道后，对村里人说："乡绅就是乡绅，干什么事都丁是丁，卯是卯，那叫一个'扎实'！"

半年后，王半仙欢天喜地地搬进了白绝户的三间茅屋。搬房那天，王半仙下帖专门去请吕掌柜来喝乔迁喜酒，吕掌柜借故，说什么也没来。

在花棵河，王半仙终于有了属于自己的房子。他搬出祈雨殿，后来陆续几年，他又同花棵河的乡亲们，出资修葺了破庙。村里的人都说，王半仙不折不扣可以说是花棵河里的人了。但王半仙并不买账，心里说，这都是叫你们逼的！他还有他的另外一个"小九九"，有了房子还得置地！到那个时候，花棵河才没有哪个人敢小瞧我王半仙了。

王半仙过日子，心里有数。

第十章

天有不测风云。1937年腊月，一列客车呼啸着停靠在花棵河站。正准备置办年货的村民们不禁疑惑起来，今天这是怎么了，客车上下来许多身穿孩子屎一样颜色军服的人。

吕馆里的吕掌柜首先看到，客车停稳，从车厢里列队下来三十几个身穿黄军装、头戴钢盔的日本兵。

日本人来了。后来才知道，从这天开始，日本军队占领了花棵河。

花棵河人慌了，像一夜之间掉了魂一样。从这天开始，一列一列装满日本兵的火车不分昼夜地从花棵河车站一路南下，一车一车的枪炮子弹向南运去。街上开始弥漫各种传闻。听说日本人在东三省烧杀掳掠，奸淫妇女，无恶不作，烧光杀光抢光，实行"三光"政策。传闻比瘟疫还厉害，村里人一夜之间跑的跑，藏的藏，躲的躲，只剩下一些老弱病残，闭门锁屋，缩在家里，不敢走出家门一步。

临近年关，一场西北风刮过，花棵河纷纷扬扬下起了大雪。西风凛冽，冰天雪地，一片白茫茫的死寂，本该欢天喜地的年节氛围兀自穿上了孝服。花棵河村成了"死村"，家家户户没有了灯光，没有了犬吠，甚至连打鸣的公鸡也像受了邪似的叫一两声就戛然而止，更不用说往年临近年关的忙碌和热闹了。尹春居里也黑灯瞎火，再听不到吆三喝六的划拳声和尹大嫂子咯咯咯的笑声。赵白眼家的狗因为村子里鸦雀无声，也懒得汪汪几声，一天到晚吃饱了就睡。有几个胆大的汉子，家有老母，实在担心害怕，熬不住了，夜里偷偷回来看一眼，连夜又跑回北山套躲难去了。

这显然不是日本人想看到的。青龙桥牌坊上，祈雨殿柱子上，不断地贴出告示，声称日本人不是来骚扰村民的，一定会保障良民们的安全，招呼村民们回家过年。

"这样躲躲藏藏，何时是个头？还得过日子不是？俗话说躲得了初一，躲不过十五，东躲西藏也不是个办法啊。"王半仙站在老屋檐下，望着冰封的花棵河喃喃自语。

王半仙的婆子带着梁子躲到北山套去了。柱子还在赵白眼家喂马。赵白眼舍不得他的家业，决计留下坚决不逃，他的家眷们早就躲得远远的了。王半仙自知已是老朽不堪，日本人也不能拿他怎么样。他留守在村里，依然守着三间破茅草屋。

看了日本人的告示，王半仙依然疑惑，他也拿不准要不要捎信让妻儿回家过年。

赵白眼、吕掌柜、孔效愚、丁大头一干人等，见了王半仙一遍一遍地央求他卜上一卦，是吉是凶，好做应对。

"俺那两把刷子就是糊弄人混口饭吃，哪能卜得个真机。"王半仙耷拉着个脸，这回说了真话。

众人无语。王半仙知道自己的道行，也从来没见过日本人这阵势，打死他也不敢胡说八道，何况这是事关人命的大事，事关花棵河乡里乡亲们的生死存亡。在这样的关口，他若是胡说，岂不是要遭天打雷劈。

他不愿意辜负了花棵河人多少年对自己的恩典，决计要到县上走一遭儿，探个虚实。

腊月二十三，花棵河人的习俗，家家户户过小年。

这天也是花棵河人家的祭灶日。"腊月二十三，灶王爷要上天。"在圣城人眼里，这是除夕前最重要的节日。所有顶门立户成家过日子的，都得"请"一张灶王神像，这几乎是一个"家"的标志。灶神画像一般贴在厨房锅灶墙上，贴一副对联"上天言好事，回宫降吉祥"或"上天言好事，下界保平安"，横批是"一家之主"。虽然灶王爷是旧时老百姓供奉的诸神中地位最低的一位，却也是最接地气、最有人情味的一位，他是玉皇大帝派往人间专司厨房灶间事务的官员，还充当耳目，监察人间善恶。腊月二十三这天，灶王爷要回天述职，所以叫作"辞灶"。老百姓要为他送行，叫作"送灶"或"祭灶"。祭灶是在腊月二十三晚间进行，供品多用糖瓜、枣等甜黏的食物。意思是粘住灶王爷的嘴，不让他上天说坏话，或者是让灶王爷的嘴甜一些，光说好话。

但今年的腊月二十三不一样了。花棵河里死寂无人，夜里漆黑一片，没有人家进行"祭灶"仪式。只有赵白眼一个人，在黑灯瞎火中，还一板一眼地例行着老皇历，只是集上没有卖新版的木版水印灶王爷像的，这让他很纠结，只好就着去年的老灶王爷像，愈加谦恭地演习了一遍。

往年，盘下白绝户三间茅草屋的王半仙的"祭灶"仪式做得异常虔诚且认真。事前好几天就买糖置面，请一张上好的灶王爷画像，毕恭毕敬地贴在厨房灶间漆黑的墙上。但今年不可能了。老王头只在旧灶前说了句"兵荒马乱，灶爷免罪"的话，就草草了事。

这天傍晚，车站下吕掌柜家点燃了屋子里的油灯。屋子里攒动着十几号人头，都是花棵河村的乡绅贤达。花棵河民国小学的校长关敬轩召集留守在村子里的人碰头商量应对的法子。

赵白眼说："关校长你早年去过日本，在日本待了那么多年。你说说这日本人到底是个什么玩意儿？凭什么欺负咱。"

关校长说："要说这日本人觊觎我们国家也不是一年两年了。自日本明治维新确立对外扩张的'大陆政策'以来，日本人就有计划、有步骤、分阶段地一步步地做着吞并整个中国的美梦。清朝同治十三年，日军登陆台湾，开始了对台湾的进攻，因清军的抗击而未达到目的，但日本与清政府签订《中日北京专约》，勒索出兵费五十万两白银……"

大家说："扯那么远有什么用。清朝的皇帝无能，民国的总统也是个熊包。日本人一来，苦的还不是咱老百姓。"

"就是就是，俺们最想知道日本人能把俺们怎么样？"大家七嘴八舌，顶顶关心的还是眼下。

"关校长，你见多识广，你说说这日本人会不会也在圣城实行'三光政策'？"郎中孔效愚是孔家的后裔，读过几年私塾，是花棵河有学问的人之一。

关校长说："据我所知，日本人也是尊孔的。按理说，日本人不会在圣城胡作非为，为非作歹。"

"借你吉言。"

"但愿但愿。"

"那就好那就好。"

大家舒了一口气。

一会儿，王半仙衣衫不整地窜了进来。

"半仙，你这是到哪儿去了？怎么弄成这样？"吕掌柜问。

王半仙上气不接下气，面色土灰，虚汗淋漓，招幌上也破了个洞。

"快喝口茶，稳稳神。"尹大嫂子端上一盏茶。

"不好了。衍圣公奉祀官孔德成孔大人都离开至圣府了。整个县城都被日本人占了。"王半仙述说着在县城的所见所闻。

王半仙吞吞吐吐、断断续续地描述出这样的所闻：

1937年11月，末代衍圣公孔德成主持的引人瞩目的《圣人世家谱》刚刚告竣，庆贺的喜酒还未散去，12月初，日军侵入山东，鲁南告急。

1938年1月3日。 圣城。 深夜。

民众生活寒苦，日落即息，无人舍得用炒一顿菜的油来点一盏亮灯。 只有更夫无聊的梆子声传荡在黢黑的圣城，寒意透衫。 突然，从兖州方向传来几辆轰隆隆的摩托车声，打破了寂静。 圣府的大门随之被急促地叩击。 原来是驻扎鲁南的国民党第二十师师长孙桐萱亲率卫兵不期来访。 衍圣公孔德成连忙披衣接客。 孙桐萱平素与孔德成交厚，向来尊孔德成为"仁兄"。 两人寒暄过后，孙师长面色严峻，开口直奔主题："小弟深夜惊扰，特请奉祀官携夫人立刻赶往兖州，那里有专列等候，火速离开山东。 希望仁兄不要为难于我。"事情来得突然，孔德成惶恐不安，火速打点家事，仓促之中带上尚有身孕的夫人，夜深人静，一路直奔兖州。

当此是日，国民党圣城县县长孟宪刚吓破了胆，听说岱岳失守，他不发一枪一弹，悄悄带着亲眷仓皇南逃了。 1938年1月3日晚，日军一部侵占圣城北关，烧杀抢掠，县政府及下属机关溃散。 1月4日，天刚破晓，日本侵略军田岛部的先头部队逼近圣城。 拂晓时分，伴着几声炮响，日军把北城门炸开了，旋即满载着日军士兵的汽车开进了圣城。 在城里几个地主豪绅带领下，日军驻扎进了圣城学校大院。 1月5日，日军大部队进城，在三省街一院内设立了一个宣抚班，执掌了全县的实权，圣城全面沦陷。

……

"衍圣公奉祀官都走了，这可怎么办呢？"大家又绝望起来。

"这个年是过不好了。"吕掌柜气急败坏。 尹大嫂子躲在墙角抽抽噎噎地开始哭了起来："我的娘哎，我这家业可怎么办哎，我往哪儿躲哎，我的大瓦房哎，我的大庭院哎……"

"嚎什么嚎，这人还没死呢。"吕掌柜斥责着。

"半仙，你还看到了什么？"关校长关切地问。

"县上城门紧闭，士兵把守，我也没进去。在街上，偶尔有至圣府的汽车出入，日本兵都下九十度的大腰，恭恭敬敬地鞠躬行礼。街上的人说，日本人进入老百姓的宅子发现墙上有圣人像的，也会下九十度大腰鞠躬致敬。俺还听街上的人说，前天有个卖菜的，不知怎么得罪了日本人，后来跑进至圣林里面去了。日本人开枪不往至圣林里打，光往天上放空枪。"

"有这事？"

"只是听别人这么说，咱也闹不清。"王半仙继续说道，"一开始大家都很害怕，年轻一点的妇人都躲到至圣府里去了。听说至圣府里所有房子都住满了人家，已经到了没吃没喝的地步了，都好几天了。后来平稳下来才陆陆续续地出来了。街坊邻里，不姓孔的都改姓孔了。"

"这就验证了关校长说的话，日本人也是尊孔的。只可惜咱姓赵，不姓孔啊。"赵白眼说。

"狗有狗道，猫有猫道，各有各的道。咱们还是找找各自的道吧。"孔效愚话里有几分孔家的优越感。

"小日本，你不让我活，你也别想好过了！"有人发狠。

"县党部、宪兵队，不放一枪一炮就跑了？"有人抱怨。

"这寒冬腊月天哩，天寒地冻的，往哪儿跑啊！"有人哀叹。

"别在这里瞎咧咧了。"尹大嫂子最沉不住气，"你们这些熊包男人们，灭灯上床那股熊劲呢，快想个法子去跟他们干呀，光知道上床照着自家的老婆使劲！"

男人们的脸个个涨得通红，有的低头，有的闷闷地抽旱烟，有的搓手挠腮，没有一个吱声的。

"这都是日本人闹的！俗话说得好，识时务者为俊杰，哑巴不吃眼前亏。"王半仙说。

"是啊，我们不能这样坐着等死，是得想一个应对之策，先保护好自己。"关校长说。

最后，大伙商定，妇女孩子们先陆陆续续回来过年。既然日本人说了，借过年这个关口，正好验证一下日本人的信用，等过了年看看动静再说。

吕掌柜出了个主意，让赵白眼出面，赶紧提着东西到乡公所去找丁大头，把花棵河的村民花名册拿来，愿意将自己姓氏改为孔姓的，立马就改过来。不愿改的，顺遂己意，反正这也是权宜之计，没办法的办法。各家门户的招牌，愿意改的，就请孔效愚、关校长书写，更改了门户的招牌，诸如"至圣分府""至圣外府""衍圣亲宅"等等，正好也赶上过年，家家户户焕然一新，想那日本人也找不出什么破绽。

孔效愚出来反对。

孔效愚说："大伙儿也都知道，在咱们圣城历来有'无孔不成村'的说法。也确实是这样，村里哪怕有三户人家，必定有一户是姓孔的。没有姓孔的，怎么办？至圣府赐给你家姓孔。但也不是随随便便哪家想姓孔就能姓孔的。"

孔效愚是花棵河村孔姓家族的族长。

孔效愚说："按规矩，外姓若是改为孔姓，要么是多年在圣府忠厚做事，几辈人积善行德，没有差池，让人说不出个不是；要么就是几辈人为圣府佃户，像咱邻村的席厂、羊厂、佃户屯，长年给圣府供给席子、牛羊肉、租种土地，有了个好名声，几辈人的劳碌才换来一个孔姓。再说，现在兵荒马乱的，衍圣公都离开了圣城圣府，也没人主持恩赐仪式啊。"

大家面面相觑，都说，咱花棵河人祖祖辈辈都受圣人圣府圣辉庇护，都是守规矩的人，不能干那些偷鸡摸狗、没有章法的苟且之事，那是小人之为。

关校长开了口："我看非常之时，只能采用权宜之计。一味墨守成规循规蹈矩只能困死瓮中，坐以待毙。效愚老兄，孔老夫子倡导的儒家学说讲原则，也讲变通，有他的灵活性，不必胶柱鼓瑟。"

"政通人和，海晏河清，太平盛世，天下无贼，咱们要遵循古训为人做事，这是君子做派。但是，特殊情况下，如果还顽固守旧而不知变通，那就太过刻板、愚蠢，是缺乏智慧的表现。"

大伙点头称是。

"还是关校长的学问大，理儿说得清。"

人命关天，孔效愚也就不再坚持。

寒风里，花棵河有了爆竹的火药味。赵家的狗又叫了起来。村头老槐树下，吱吱悠悠响起了碾子的响声。女人们连夜推碾，赶制黍子做的年糕。男人们也开始熬制松蜡给猪头拔毛，灌淘猪大肠，蒸煮猪下货，或杀鸡脆鱼，准备供品，张灯结彩，贴春联，包饺子，开始过年了。

第十一章

　　王半仙在三间茅草屋前挂起了"至圣外亲"的门牌，是请孔效愚写的，周周正正、浑厚敦实的四个颜体大字。算卦的招幌也重新做了一个，把"王半仙"改为了"孔半仙"。王婆子和梁子也从北山套回到了花棵河，一家人在忐忑不安中过了一个囫囵年。赵白眼家人多，忙年，吃得好，柱子除夕夜也没回家，只在年后正月初三匆匆跑回来一趟，捎回两只用荷叶包着的猪蹄子。王半仙高兴得逢人就夸柱子孝顺。

　　正月初七是"人日"，"人日"人却不安宁。一大早，花棵河上空就稀稀落落响起了枪声。起初以为是鞭炮声，仔细一听，是日本人的打枪声。是日本人进村了。驻花棵河火车站的日军到花棵河村一带收罗财物，增补军饷。

　　当天下午，一个绰号名叫"井冢龟太郎"的日本士兵中午喝酒喝多了，不知为什么，没有随队回到车站驻地，而是在花棵河村里乱窜，到处寻"花姑娘"。赵白眼家的南大门紧闭。井冢也不知从哪里来的邪劲，一撑长枪，居然翻进了赵白眼家的高墙。赵家的狗汪汪叫了几声，被井冢一刺刀刺死。三进院的女人们闻讯大惊失色，东躲西藏，像耗子见了猫一样，不敢露面。只有赵白眼、刘罗锅、小六子、柱子等几个男人与他周旋。

　　"太君，太君，俺们是孔家的后人，孔圣人的亲眷。您瞧这门牌，您瞧您瞧……"刘罗锅指着院子外面红底黑字的宅牌，意欲要把井冢挡在三进院门外。

井冢听不懂中国话。虽然认识几个汉字，但酒壮狗胆，醉醺醺的他早把戒条抛到了九霄云外。

"花姑娘的有，花姑娘的有。"井冢像只发情的狗，叫嚣着硬往后院里闯。色眼迷离，在院子里四处寻觅异性的味儿。

刘罗锅、小六子左挡右拦，还是阻挡不住井冢的步伐。

"太君太君，找花姑娘'依翠楼'里有，咱这里没有。俺们都是良民。"赵白眼一再劝阻。

井冢寻寻觅觅，从前院狼窜到后院，从屋外咆哮到屋里，从屋檐下叫唤到庭院里，也没见一个花姑娘的影子。

一无所获的井冢乌拉乌拉比画着，也不知说了些什么。赵白眼好烟好茶地赔着笑脸，疯狗还在发疯。

恰在此时，庭院里起了一阵风，风中飘飘摇摇吹起一条鲜红的纱巾，在灰白的空中载歌载舞，袅袅婷婷，煞是鲜艳刺目。井冢的眼直了，盯着红纱巾落到地下，用白森森的刺刀挑起红纱巾，在空中挥舞，像一抹鲜血在空中划出一道美丽的弧线。柱子知道，那是赵白眼的千金赵伊灵最心爱的饰物。

"花姑娘的有！花姑娘的有！你的良心，大大的坏了。"井冢趔趔趄趄走到赵白眼跟前，挥手狠狠地扇了赵白眼几个耳光。刘罗锅、小六子、柱子上去劝解，也挨了井冢雨点似的枪托。

隐藏在庭院柴火垛里的三太太大气不敢出，一泡尿失禁而出，从柴堆里汩汩流出，热腾腾的臊气弥漫着异性的特殊气味。井冢顺着热尿流过的印迹，朝着柴堆举枪乱刺。面如死灰的三太太从柴火堆里爬了出来。

一看见三太太，井冢的眼珠子顿时发绿。

"花姑娘，花姑娘，大大的好。"井冢放下手中的枪，饿狼一样扑向三太太。

"娘——"

恰在这个时候,一声惊慌、急促、脆细的少女之音划破僵硬寒冷的空气。 隐藏的赵伊灵也不知从哪儿钻了出来。

"伊灵——"

"小姐——"

赵白眼、小六子、柱子几乎同时发出惨叫。

井冢五官变形,野兽一样转向如花似玉的伊灵,咽着口水,一个鱼跃扑向伊灵胸前。 伊灵的外衣扣子哗啦一下瞬间崩开,淡粉的亵衣正触到井冢淫邪的嘴脸。

此情此景,血涌如潮的柱子青筋暴突,肝胆欲裂,两个拳头攥得像石头一样坚硬。 忽然,嚇地一声,柱子跨上一步,直冲上去,猛然抱住井冢的腰,用膝盖照死里猛顶他的裤裆,一下,两下,三下……刘罗锅、小六子会意,一拥而上,把井冢摔倒在地。 井冢疼得作驴叫,在地上和柱子肉搏起来。 井冢滚爬着去摸枪,长枪砰的一声走了火,不偏不倚正中三太太的脑门。 三太太立马倒地,鲜血顺着发髻汩汩而出。

"娘——"伊灵不顾一切地上前去扶,井冢又要扣动扳机。 说时迟,那时快,柱子转身拿起身旁的旧辘轳把,照着井冢的后脑勺狠狠地砸去。 井冢脑浆迸裂,瞬间毙命。

赵白眼被眼前发生的一切吓蒙了,两腿颤颤。

"快叫你达来,快去叫王半仙……"赵白眼一看井冢没了气,自己也险些背过气去,有气无力地说着。

听到枪声,赵家院子里聚集来了十几个村民。

一会儿王半仙也仓皇地赶到。

王半仙被眼前的一切吓软了腿,扑通一声瘫在地上。

"半仙,这可怎么办? 柱子用辘轳把砸死了日本人。 日本人肯定饶不了咱们。这可怎么办啊。"赵白眼乱了方寸，也扑通一声，跪在地上哀号。

半天，王半仙一句话也说不出来。

"你吓唬吓唬鬼子就是了，谁叫你砸死他了呀。"赵白眼埋怨起来。

"我的天啊，这要是日本人知道了，还不落得个满门抄斩。我的个娘哎，我的个三太太哎，你死得惨呀，这可怎么办啊。"赵白眼的两个婆娘呜呜咽咽哭昏了天地。

"赵财主，一人做事一人当，俺这就到日本人的军部去招供。"柱子凛凛地站着，像根不死的枯木，直挺挺地站在寒风里。斜阳下，凸出的雄性喉结上下移动，酷似枪膛里的子弹，随时准备击发。脸上的血浆、脑浆纵横，彰显出男人的悲怆。

"我的小祖宗，你还嫌事儿闹得不够大，还不给我快跑——"王半仙着急上火。

良久，刘罗锅说："半仙，你倒是算算呀，看看能躲过这场灾么。"

王半仙掐指算了半天，也说不出个子丑寅卯。还是孔效愚发了话，说："大难临头，还算个屁！我看还是赶紧把尸体藏起来吧，说不定，日本人一会儿就赶过来。"

藏在哪里呢？又是一个棘手的事。

王半仙想了个办法，把井冢的尸体和长枪扔进水井，然后往井里投些石头、泥土，塞满谷草，再盖上木板，堆上粪土。三太太的尸体先藏在柴火堆里，然后赶快着人清理了地面上的血迹。

众人催促着让柱子赶紧逃跑。赵白眼挥挥手说："慢！"他踉踉跄跄跑回屋里，从柜子里摸出几块大洋，对柱子说："柱子，你救了伊灵的命，我赵白眼永远忘不了你。拿上这几块大洋，赶快逃命去吧。"柱子转头望了望还在痛哭中的伊灵，留下一句"我还会回来的"，捡起地上的红纱巾，揣在怀里，转身就离开了赵家大院。

没等过完正月十五元宵节，村里的人又陆续藏到北山套去了。

傍晚时分，日本人发现少了一个人，便返回花棵河寻找，结果什么也没找到。

正月初八，驻扎在花棵河车站的日本军佐伊藤落石亲自出马，翻译郑晓华牵着洋狗带路，气势汹汹地又来到花棵河村寻找井冢龟太郎的下落。一行人把花棵河村没藏起来的二十多个村民聚集在祈雨殿前，逐个盘问。村民们大多不知道井冢龟太郎是谁，因为什么而死，更不知道日本人为什么这样气急败坏，大动干戈。一问三不知，伊藤大发雷霆，喝令下属对村民用木棍打头，用刺刀穿腿，唤洋狗撕脸，但依然没有一个人能说出井冢龟太郎的下落。

一个字也没问出来，伊藤和郑晓华咕叽了几句，便开枪打死了村里的"小寿""柴坏"两个后生。随后又到村西头点燃了几排村民的房屋。大火熊熊燃烧，村民们没有一个人敢去救火。好歹挨到傍黑天，日本人总算撤了。老乡们才敢跑到灰烬里抢出几件能用的家当。

次日天未亮，伊藤又带着几个人来到花棵河村盘查，并径直来到狗皮家里。这一大家子人没有一个识字的。前几天，让他们临时改为"孔"姓，狗皮的三爷爷，死活也不愿意。这回果不其然就摊上事了。日本人先从孔姓以外的人家开刀了。

显然，日本人已经认为井冢龟太郎已经死了，但要找到尸体藏在哪里。幸好狗皮家年轻力壮的人大部分都躲了起来，只有狗皮的二婶子和八十多岁的三爷爷在家。日本人威逼他们说出井冢龟太郎在哪里死的，他们说不出也确实不知道。日本人随即用刺刀把狗皮三爷爷的嘴划开，接着往狗皮二婶子的屁股上连扎几刀，随后又放火点燃了狗皮二婶子家的房子，把狗皮的二婶子和三爷爷绑在一起架到火里活活烧死了。日本人还不过瘾，又窜到狗皮邻居家，把绰号叫"大金瓜"的老人及其弟弟"二金瓜"等十多个村民捆绑起来，带回驻地询问，还是没有找到井冢龟太郎的下落。当晚伊藤又唤出狼狗生生把大金瓜和二金瓜给咬死了。

翻译官郑晓华是个留日的汉奸，阴险狡诈，诡计多端。他自作聪明地跟伊藤说，花棵河村里有个王半仙，是个算命先生，能掐会算，十拿九稳，何不把他叫来算上一卦。伊藤连连叫道："吆西！"

王半仙一路跟着郑晓华来到日本人的驻地，吓得嘴一直哆嗦，话都说不成句，身子像筛糠一样颤抖。

郑晓华是乡公所丁大头的外甥，小时候没少在花棵河他舅舅家玩，花棵河老一辈的人都认识他。王半仙流浪到花棵河的时候，郑晓华早就离开了花棵河。郑晓华知道王半仙会算卦显然是从别人那里听说的。

郑晓华说："我若是叫你半仙呐，说出来在这花棵河让人笑话。论辈分，你和我舅舅是一辈的，我应该叫你个大伯。"

"不敢不敢。"

"但今天是公事，我就不客气了。话说回来，我若是真想客气，也还真不知道你的大名叫什么。今天就只能叫你半仙了。老家伙，你的明白？"

"是的是的，叫'老家伙''老不死的'，都中。"王半仙点头如捣蒜。

"我说半仙啊，我听说你料事如神，神机妙算赛过诸葛亮？"

"不敢不敢。只是混口饭吃。"

"今天皇军赏你一顿大餐，不知道你愿意不愿意吃，赏不赏这个脸？"

"哪敢哪敢。黄鼠狼哪敢想吃天鹅肉。"

"算你识抬举。今天你就给皇军算算，这皇军士官井冢龟太郎下士死在哪里了？ 又被藏在哪里了？"

"这个，小的真算不出来。 皇军饶命，小的以前都是糊弄人的，都是为了混口饭吃。 小的真的没有那么深的道行。"王半仙双腿跪在地上哀求。

郑晓华和伊藤呜里哇啦耳语了一通。 伊藤的脸上顿时沉郁起来。

郑晓华说："皇军说了，你若是算准了井冢龟太郎下士死在了哪里、被藏在了哪里，就保举你到军部做个太师，天天吃鱼肉，月月有犒赏，老婆孩子都由皇军养着，享不尽的荣华富贵。 你若是不配合呢，嘿嘿……"郑晓华的眼神瞥向了一旁健硕如狼的洋狗。

王半仙一下子不知如何是好。 算与不算，说与不说，要死还是要活，一切都在他这张嘴里。

他忽然觉得，人生走到了不得不抉择的十字路口。 朝哪个方向走，哪个方向就会有不一样的结果。 悔不该当初操持这下九流的杂役，大难临头叫我往哪个方向走？

王半仙想，这要是不算、不说呢，日本人不会善罢甘休，就会有一个又一个的人头落地，一个又一个的乡党命赴黄泉，何时是尽头。 想来日本人找不到井冢龟太郎的下落，是不会就此罢休的，还不把整个花棵河村烧尽杀绝？ 这要是说出来呢，我王半仙会背上个背叛乡邻、卖友求荣、不仁不义的骂名，今后怎么在花棵河立足，怎么还能在花棵河走街串巷混口饭吃？ 让柱子、梁子他们这些孩子们如何能立得住脚？ 还不被人骂死，让唾沫星子淹死！ 井冢龟太郎是柱子砸死的，说出实情，我这当爹的如何能脱了干系？ 子不教，父之过。 子不在，父抵过，自古以来这是人之常情，说不定我王半仙就此也是奔赴黄泉路上的苦命人了。 哎呀呀，叫我如何是好！

王半仙浑浊的老眼流出咸浓的泪水。

这时候，人求生的欲望还是占了上风。 思来想去，王半仙最终选择了一条能求生但又中庸的道路。

这卦，要算，但又不能说出真正的谜底。顾左右而言他，装猫变狗，以其昏昏使人昭昭，瞒天过海，云山雾罩，让小日本猜去吧。该死该活自有命数，一切都只能交给老天爷定夺了，由他去吧。

王半仙想好了，抹去脸上的泪水，咬咬牙，说："皇军，翻译官，恁等等，这得需要一段时间，让俺算计算计。"王半仙装神弄鬼，装猫变狗，把个算盘珠子敲得啪啪响。忽然又眼翻白珠，斜脸看天，低头看地，摇唇鼓舌，耳听鼻闻，表演得活灵活现。

"皇军您听我说，街上有个算卦的，还有一个挂蒜的，算卦的算卦，挂蒜的卖蒜。算卦的叫挂蒜的算卦，挂蒜的叫算卦的买蒜，算卦的不买挂蒜的蒜，挂蒜的也不算算卦的卦。我先来段绕口令，温习温习道行路数。"

王半仙演习了一番，大冷的天居然整得自己大汗淋漓，气喘吁吁，说："不行了，不行了。我只能算出一个汝字。"最后在地上用木棍歪歪斜斜画出来了一个"汝"字。

伊藤不解，郑晓华不懂，问王半仙这"汝"字是什么意思，这字怎么解释？

王半仙吞吞吐吐地说："俺道行浅，不敢糊弄皇军。以在下的这点见识，我看这井冢士官，是为女人而死，也为女人所害。女人从阴，'汝'字有水，要找到井冢士官，恐怕得从水上做文章。"

王半仙思忖再三，花楴河不能再死人了。把杀死井冢的一切罪名都推到已经死去的三太太身上。死人不能复活，也不能张口，日本人也无可奈何。

伊藤会意："花楴河里干活，花楴河里干活。"伊藤和郑晓华都以为井冢溺死在了花楴河。于是命令日本人和村里人沿着花楴河寻找。

他们沿着花楴河，从上游找到下游，刨冰的刨冰，打捞的打捞，始终没找到井冢的踪影。折腾了几天，日本人恼了，又把王半仙找去，威吓他哄骗皇军，要把他处死。王半仙这次心里有了底，面不改色心不跳，说："皇军，我是说在水里找，但有水的地方也不光花棵河呀。"

郑晓华心窍顿开，又命令日军凡是有水的地方，都要挖地三尺。

终于，他们在水井里找到已经腐烂的井冢尸体。真相大白，日本人认定井冢是赵白眼的三太太害的，死人要用活人抵，大多数日本人执意要惩治花棵河财主赵白眼。

伊藤特别狡猾，他围着井冢的尸体转了一圈又一圈，又看看三太太的尸首。井冢脑浆迸裂，死相惨烈。三太太只有枪伤，死相平静。一个持枪的士兵怎么可能打不过一个手无寸铁的妇女？这里面定有蹊跷。

"皇军，你看凶手也找到了，井冢士官也找回来了。下一步是不是该下葬了？"王半仙说。

"慢！"

伊藤让郑晓华喊话，说还要深挖目睹现场的人，还要找出将井冢投井隐藏的人。

没有人知道。没有人做证。没有人承担。

日本人烧了赵白眼的三进大院，熊熊大火弥漫天地。没有人敢去救。赵白眼家中的所有财物都充当了日本人的军饷。

"皇军说了，地上躺着的这个女人根本不是杀死井冢士官的凶手，她一个女人家根本不可能杀死一个强壮的皇军。是谁杀死的日本皇军，快快站出来，不然，就烧了花棵河村！让花棵河村血流成河！还有是谁隐藏了皇军的尸体，是谁把皇军投到了井里？都给我说出来！说！"

没有一个人吱声。吓得浑身筛糠一样的狗皮被拉了出来，他前面已经死了三个人！

"放了他，杀死'井中'的是我！把'井中'投到井里的也是我！要杀就杀我！放了他！"老态龙钟的刘罗锅从人群里站出来。

"你是谁？说说你是怎么杀死皇军的。"郑晓华满脸狐疑，围着刘老汉打转。

刘老汉说："奶奶的，起个啥名字不好，偏偏叫个'井中'。那井里不就是他的老家？"刘老汉死到临头还不忘幽默一回。日本人听不懂，只有郑晓华听得明白，也知道怎么翻译给伊藤听。

众人惊异。赵白眼更是惊恐万分。

"我是谁？郑大侄子，你不认识我了？小时候，是俺，逮过蚂蚱给你烧着吃，逮过蝈蝈放在麦秆篓子里给你玩！你拉裤子里的屎还是俺到花棵河给你洗的，你不认识俺了？俺是你大爷——刘罗锅！"

赵白眼死死盯着刘罗锅："刘罗……刘……大……老……哥，你……你……"刘老头完全不理睬赵白眼，面向郑晓华，不紧不慢地说："大侄子，放了狗皮，这事和他没关系。俺把事情的前后一五一十说给你听，你一句一句传话给那个龟孙子，一句也不能漏！那是正月初七……"

刘罗锅把所有事都揽在了自己的身上，说，一人做事一人当，我刘罗锅光棍一条，赤条条来赤条条去。死了，能换回几个后生，能救花棵河一难，值了！

"刘老哥，恩人呐。"赵白眼泪如雨下。村里人哀声一片。

不等刘老头说完，一把军刀从伊藤的刀鞘里抽出，寒光一闪，刘老头的身子和头顿时分作两截。

这时，平地里一股大风吹来，瞬间吹来漫天大雪，纷纷扬扬，天地一片白茫茫。

第十二章

王半仙阔了。

因为成功"告破"井冢沉水井案，日本人赏给王半仙二十块大洋。郑晓华说话算数，在尹大嫂子的酒馆里大摆了一场宴席，不仅好酒好菜招待王半仙，还答应王半仙，日本人的军管所以后是他自由出入的安乐窝。从此以后，日本人但凡有点鸡毛蒜皮的事，就把王半仙叫去占上一卦，时准时不准的，王半仙也半真半假的和他们斡旋周处，日子过得如履薄冰。花棵河人都想不到，一个外乡人，一个满嘴跑火车的人，日本人居然还真把他当成了宝贝疙瘩，连孔家后裔老郎中孔效愚也为此感叹嘘唏。

"这世道变了。再好的狗皮膏药也赶不上冒牌的阴阳图喽。"在药店里，孔效愚碰到来看病拿药的老主顾就说些讽刺王半仙的话。

"这话怎讲？"人们疑惑，不知孔效愚话中有话，究竟说的谁。

孔效愚说："你看看这幌子上，狗皮膏药是实心的，阴阳图是空心的，而且里面还有花花鱼。实心的，没饭吃。空心的，有鱼汤喝。"大家会意，这是比鸡骂狗，指桑骂槐，戳王半仙的脊梁骨呢。

渐渐地，街上的人都避着王半仙走路。家里有个什么事，也不再找王半仙算卦了。日子一长，王半仙倒有些寂寞了。

王半仙再不用走街串巷，举着个阴阳图幌子算卦去了，虽然吃喝不愁，但他脸上却看不出一点舒展的神色。他一点也不开心。整日里惴惴不安，心里五味杂陈，老堵得慌，总觉得对不住财主赵白眼，好像欠下了一笔一生都还不清的债。

大火烧了赵白眼的大宅子，赵白眼一夜之间成了穷光蛋，只好暂时躲到祈雨殿里住。

赵白眼大病一场，几个婆娘和几个孩子走的走，跑的跑，树倒猢狲散，各自寻找活路去了。只有七姑娘伊灵没了亲娘，没人呵护，孤苦伶仃，和爹爹赵白眼相依为命。

一天夜里，王半仙提着点心和烟酒到破庙里来探望赵白眼。夜里黑，王半仙深一脚浅一脚的，差点被柏树根绊倒。王半仙想，世事难料啊，眨眼间调了个个儿，想当年俺刚逃荒到花棵河时住的这破庙，现在竟轮到财主赵白眼住了。这地方俺曾经是多么的熟悉啊，连树上有几个老鸹窝都记得清清楚楚。

王半仙敲了半天门。赵白眼不见他，拿来的点心、烟酒也都被赵白眼扔了出去。

王半仙无奈，一屁股坐在殿门外，抑郁着嗓子说："赵财主，不，不，赵哥，赵兄，俺知道你记恨俺。脑袋瓜子长在你脖子上，心跳在你胸腔子里，俺也拿你没办法。"

"走，你走！你最好走得远远的，我再也不愿见到你！"

"赵兄，你记恨俺就记恨吧。胸腔子里的恨发出来，兴许你心窝子里舒坦些。是啊，祖上的基业一夜之间都没了。没了宅子，没了家产，没了婆娘，换了谁，也是塌天的灾祸。将心比心，如果是我，俺也会指天骂地，恨得牙根子出血。"

"走，你赶紧给我走！我再不愿听到你任何一句屁话！"

"赵兄，俺不走。 你得让俺把话说完。 日本人是柱子杀的，三姨太是日本人杀的，花棵河还有小寿、柴坏、狗皮的二婶子、三爷爷、大金瓜、二金瓜，还有刘罗锅，也都是叫日本人杀死的。 俺不给日本人算卦，还不知道要再死多少人。 花棵河不能再死人了，再死人，花棵河就绝了。 俺是被逼上梁山啊。 日本人，还有那个郑晓华盯上了俺，非要俺算一卦说出实情，俺也真是没法子呀。 俺不想出这个法子，恐怕咱弟兄俩现在早就在阎王爷那里拉呱了。"

"你多好啊！ 说出了事情的真相，你保全了孩子，保全了老婆，保全了一辈子的荣华富贵。 你在军管所里吃香的喝辣的，可我，全没了，几辈子的家业叫日本人一把火给俺烧光了。 我对不起祖宗啊，我还活着干吗？ 我死了算了！"

"我说赵兄，俺求你也设身处地替俺想想。 俺柱子还不是为了保护你家七姑娘伊灵才砸死了'井中'。 你家七姑娘没受到伤害吧。 俺那柱子可是作了孽了。 这熊孩子从小就死拗，长大了又忒年轻气盛，作了这么大的孽。 俺寻思，柱子他还年轻，路还长着呢，就让他跑了。 再说，你当时也没拦着呀，不是还给了他几块大洋，让他跑的吗。 三姨太已经让日本人打死了。 人死了，就不能活过来。 咱们现在有口气活下来，就得好好地活着呀。 再说啦，你老想着这灾祸，万一有个好歹，惹上了大病，剩下伊灵一个丫头片子，日子怎么往下过啊。 你识字断文，明理宽宏，就算三姨太死了，其他的婆子散了，你不是还有几十亩良田吗，咱再慢慢过日子，来年再找个好人家的填房，续弦。"

"王半仙，你别说了……"

一提起三姨太的死，赵白眼呜呜咽咽哭泣起来。

赵白眼泪眼婆婆地说："你知道，交出三姨太的尸首，那些畜生们是怎么凌辱的吗……呜呜…他们扒光三姨太的衣服……光天化日之下……"

"这都是什么事啊，这日子怎么活呀。"

"老天呀，这是什么世道啊。花棵河的子民们作了什么孽，犯了什么罪过？为么要遭受这样的大难，遭受这样的耻辱。"

……

屋里屋外，两个男人哭得稀里哗啦。

"你走吧，王半仙，我这辈子是不愿再见到你了。见你一回，就等于戳我的心一次。戳我的心一次，我就流一次血。咱们最好永远都不要再见面。"

"赵兄，你觉得可能吗，同饮花棵河里的水，低头不见抬头见，牙齿还有咬破舌头的时候，勺子还常碰锅沿儿哩，哪能一辈子就没个来往了呢。你恨我吧，使劲恨吧，恨到死也没人可怜你。俺也黄土埋到脖子了，这辈子虽然还不完你的人情债，下辈子俺再还。俺走了。你好好地寻思寻思吧。"

王半仙临走时，把日本人赏给他的银圆全部留在了破庙的香案上。

王半仙刚迈出庙门，也没看路，碰巧和迎面而来的孔效愚撞了个满怀。王半仙觍着脸说："老效愚你这是干吗去？"孔效愚看都没看他一眼，弯腰捡起地上的一块石头，顺手砸向路边的一条野狗，边砸边骂道："好狗不挡道，我砸死你个不长眼的东西！"

王半仙直挺挺地站在那里，像个木头人似的，满脸的堆笑顿时凝固成雕塑。

孔效愚看赵白眼半死不活的，躺在床上有气无力、奄奄一息的样子，心中生出许多的同情。

"还是气虚啊，再吃三服看看。"孔效愚给赵白眼把完脉，准备开方子："我这郎中治得了病治不了心，治不了心就救不了命啊。 老赵啊，你得从心病治起，这心病好了，身体也就好了。"赵白眼说："还谈什么命，这日本人一来，好端端的家，没了。 家里的人，走的走，散的散，死的死。 悲莫过于家破，哀莫大于心死。""光你一家这样吗？ 花棵河不都这样？ 往大点说，全中国，只要有日本人在的地方，不都是这样，光你家这么惨？""话虽如此，可谁家也没有我家惨。""枪打出头鸟。 谁叫你家有个漂亮的闺女，谁叫你家富得流油。""你别拿我寻开心了。""我没有巴结讨好你的意思，事是明摆着的嘛。""今非昔比喽。 老孔，你我在花棵河也不是一天两天的邻居了，家境沦落成这样，你说我活着还有什么意思。""当然有意思，活着就是赚到了，好死不如赖活着嘛。""说句实在的，要不是还有伊灵这根独苗，要不是我从小就偏爱这孩子，我早就一根绳子把自己勒死了。""我就说嘛，你死不了，你也死不起。""我对不起列祖列宗啊。祖上留下来的一点家业全毁在我的手里了。""老赵啊，不能这么说，是毁在日本人手里了。 如果日本人不来，你不是把家业守得好好的嘛。"孔效愚说道："我说你死不了，你的心还没死，你还有劲头。""你别光给我打哈哈，我说的是正事。""我也没说邪事啊。"赵白眼颤颤巍巍，示意孔效愚把他从床上扶起来。 孔效愚说："你现在还是躺着静养为好，其他什么也别想，静观其变吧。"

赵白眼指指几案上的银圆，有气无力地说："你给我扔出去，别脏了俺老赵的眼睛。"

"哪来的这么多的银圆？"

"你替我扔出去！"

"我得闹清这银圆的来历，再扔不迟。"

"还能是谁的。王半仙，卖身赎罪的钱。"

"咦？这倒叫我另眼相看了，这王半仙狼心狗肺的，还给自己留了点颜面啊。"

"这是日本人的钱，我坚决不能要！我看着就脏，就恶心。我要是花这钱，我的心都在流血。"

孔效愚的眼睛骨碌了几下，说："老赵，要我说，这钱你要收，要花。"

"这话怎讲？"

"不光要收下，还要用好，还要继续让王半仙赎罪，把他'卖身'的钱都掏过来。"

"你做什么怪？哪来的这妖话浑说？无德附逆的赃钱也能花？"

"你听我讲。我问你，王半仙的银圆哪里来的？"

"不说了嘛，日本人给的。"

"谁害死了你家三姨太？"

"日本人。"

"是谁烧了你的宅院？"

"日本人。"

"是谁害得你家破人亡？"

"日本人。"

"这不对了吗，剜仇人的肉补自己的血，还有比这更解恨的？"

"这话说的……"

"拿日本人的钱重新盖你家的宅院，用日本人的大洋重新恢复你家的祖业，这有什么好纠结的？"

"容我想想。"

"你也是个读过书的人,羊毛出在羊身上,这道理你还不懂?"

"这么一想,似乎说得通。"

"识时务者为俊杰,哑巴不吃眼前亏。"

"嘿嘿,好你个贼郎中,智人哉。"

"行了,你的病好了一半啦。"

"我听你的!"

醒悟过来的赵白眼眼底发亮,顿时觉得病轻了大半。

第十三章

柱子从赵家大院窜出后，一路向北，也不知跑了几天几夜，走了多少路，过了多少河，沟沟坎坎。饿了，就沿街要口干粮，讨口水喝。困了，就睡在坡里，枯水桥下，树林里，坟地旁。还在正月天里，夜里实在熬不住北风刺骨，一身破裤袄怎敌得过春寒料峭。柱子没出过远门，辨不清方向，也不知道向哪儿逃，只是看着天上的日头，没日没夜地向着北山逃亡。

一天，走累了的柱子就想在一片树林子里歇歇脚。两个眼皮刚刚合上，就听见哒哒地一阵马蹄声。一个激灵醒来，眼前已黑压压地站满了一队人马。为首的是个身材高大的女人，后面跟着几十号人，个个身穿黑衣，罩蒙脸面。蒙罩也是黑色的，只是在露出眼睛的地方，用红丝线绣上了两朵桃花。柱子知道这是遇上土匪贼人了。早年间，他从刘罗锅口里就听说过北山套有股以女响马为首的土匪，匪首名号叫小桃红，那时候他还很好奇，很想看看女响马小桃红的土匪队伍到底是个什么模样，不料今天真遇到了土匪。

"搜身。带到山上。"说话的是为首的女人。虽然语气中带着坚毅，不容迟缓，但在柱子看来，严厉的声音里遮挡不住悦耳的音色，像伊灵家里的画眉鸟叫一样清脆。

"是，山主！"后来才知道，这女人就是威震四乡八野的女响马何赛儿，人称九龙山上的"小桃红"。

柱子身上的银圆被搜走，双手被束缚，被拴在马尾后，一溜小跑上了九龙山，进入女响马何赛儿的山寨。

摘下头罩，脱掉披风，一干人露出真容。柱子看见白羊皮覆盖的龙狮椅子上坐着一位面容姣好的山主。一群小喽啰们分别站在两旁。

干瘦如柴的二当家过来审讯柱子。

"小子，报上名来。"

"……"

"家住哪里？"

"……"

"为么在山林里狼窜？"

"……"

"妈了个巴子，二当家的问你话呢，张开你的臭嘴！"

"小兔崽子，张嘴说话啊，你该不会是个哑巴吧。"

"哈哈哈哈——"

"哈哈哈哈——"

一个小喽啰上前踹了柱子一脚，柱子一个趔趄险些跌倒，但瞬间又直挺挺地站在那里，耷拉着眼皮，一副睡不醒的样子，闷不吭声。

"你个小兔崽子，还挺硬气。看我的刀子硬还是你的嘴硬！来人啊，绑起来。用刀子撬开他的嘴。"柱子被绑起来，二当家的抽出腰间的一把刀子伸向柱子的嘴唇。

柱子牙关紧闭，满嘴鲜血直流。山主小桃红一言不发，好像眼前什么都没发生一样，专注地逗着龙狮椅旁一只雪白的猫。猫喵喵地叫着，舔舐着主人雪白柔嫩的手，讨主人的欢心。

柱子虽然疼得浑身战栗，五官变形，嘴角抽搐，但依然牙齿紧闭。

鲜血顺着嘴角，滴答滴答流到地上。相持良久，柱子始终没有说话。

"好了，他就是个不愿说话的哑巴。把他带下去，清理一下嘴巴，换身干净的衣服。好生看着，别让他跑了。"小桃红怀抱着肥猫，看都不看柱子一眼，懒洋洋地走进了后室。

"是。山主！"大伙儿分散离开。

晚上，柱子被带到了小桃红的后室。

"都出去吧。"小桃红撵走了押解的喽啰。

柱子看了一眼小桃红。若不是在这样一个土匪窝子里，他还真不敢相信眼前的这位妖娆的女人竟然是山主。这位山主面白如雪，黑发如云，身材婀娜，外着桃红外衣，一派天界仙女的容姿。恍惚中，小桃红的身影姿态，仿佛幻化出伊灵的影像，一颦一笑，一举一动就好像伊灵近在眼前。她的眼睛和伊灵的不一样。她的眼睛幽邃中折射出一股刀光鞭影般的犀利和尖锐，伊灵的眼睛则清澈浅漾，闪闪烁烁，像三月三花棵河里的桃花水。

"小兄弟，嘴还流血不？牙还疼不？能吃点东西了不？过来，让姐姐看看。"柱子瞬间觉得是伊灵在和他说话，是伊灵在呼唤他。他竟然木木地，不由自主地摇着头，向前走了几步。

"哈哈哈，姐姐就知道你不是哑巴，逢哑必聋。你摇头了，你走路了，说明你是听清了姐姐的话，你能听见，说明你不是哑巴。过来，这是姐姐喝的山羊奶，你把它喝了吧。几天没吃饭了吧？"

柱子被一股从未感受过的东西卸了盔甲。长这么大，还从没有听到过这般甜腻、温润、香酥的声音，这声音像一股甘露洒在干枯的焦土上，瞬间浸润了。

柱子眼眶生疼，眼睑发胀，鼻子一酸，居然哭了。

"告诉姐姐，你多大了，有没有家？家住哪里？"小桃红用雪白柔嫩的手抚摸着他肮脏的头发，抚摸着他黝黑的脸蛋。

柱子开口说话了。他把事情的经过一五一十全部告诉了小桃红。

"我用辘轳把砸死了日本人，我活不了了，我没有家了，我回不去花棵河了。"柱子说到最后，边哭泣边诉说，涕泗滂沱。

"好兄弟，是个男人就别像个娘们似的哭哭啼啼的。谁说砸死了日本人就活不了了。谁说你就没有家了。男子汉四海为家，大丈夫志在四方，你到哪里都能安家。"柱子似懂非懂，他第一次听到这样斩钉截铁、铿锵有力的话语，还是出自一个温柔似水的女人之嘴。

"小兄弟，想不想跟姐姐在山上吃白馍，喝山羊奶？想不想入伙，干点男人干的事？"

"想——"柱子想都没想，脱口而出，虽然声音依然很小。

"说脆生点，到底愿意不愿意跟姐姐入伙，干点大事？"

"想！"

小桃红笑了，伸出纤纤细手摩挲着柱子粗糙的脸蛋。小桃红发现这个尚未成年的小子身上有一股子少见的憨野、刚韧和执拗的劲头。

一股清凉的感觉直透柱子的肺腑，一种家的归属感让柱子觉得很踏实。

柱子正式入伙小桃红的队伍。

柱子刚刚加入队伍，没有跟着大队人马去打家劫舍，就在山上给小桃红养马。柱子是个勤快人，有养马的经验，又不惜力气，几个月下来，把小桃红的枣红马喂得膘肥体壮，油光发亮。第二年春天，之前跟刘罗锅学的驴马交配的门道，这会儿派上了用场。没出几年，就繁殖了一大群的骡马。小桃红的队伍不断壮大，人人有马骑，个个都威风，小桃红把这份荣光和功劳都记在了柱子的头上。

"柱子是小桃红营里的大司马，位列三军之上。"小桃红学着老戏里的话，经常打趣柱子。这叫柱子很是害羞，又很骄傲。

柱子和小马驹一起成长，一起狂奔在九龙山上，渐渐长成了一个硬朗的青年。

一天，小桃红把柱子叫到跟前，说："小马倌，你也长大了，是不是该跟着人马去打食了？"柱子自从来到山上几乎还没有下过山，给山主养马就是他唯一的职责。面对山主他总是低眉顺眼的，从来不敢正眼看着山主。

"一切听山主安排。"柱子依然低眉顺眼的。

"打明天开始，领一套行头，跟我出山。"

"嗯。"

"带上家伙，跟着二当家的，先学梭镖。"

"嗯。"

"骑那匹棕色的母马。性子温顺，也好驾驭。"

"嗯。"

……

"嗯嗯嗯，就不会放个响屁？你他奶奶的就不能把胸脯子挺一挺，像个公鸡一样抬起头来打个鸣儿。过来过来，让姐姐看看，是个男人了吧，胡子能扎人了吧，下面能硬起来了吧。"

柱子的脸火烧火燎，小桃红用马鞭支撑起他的下巴，但他不敢看小桃红的眼睛。马鞭上的鬃毛刺扎得他喉结生疼。

"哈哈哈——"小桃红的笑声响脆，也和伊灵的笑声一样嘹亮。这时候，柱子一想起伊灵，就忍不住胡思乱想。她现在在哪，还读书么，又长个了吧，还那么调皮么……小桃红后面说了些什么，他似乎一句话也没听进去。

……

三更半夜里，狗不叫鸡不鸣，小桃红只叫了二当家的和柱子一行三人出了山寨。

越过沟壑，穿过山林，走过山路，也不知跑了多远，过了几个村庄。柱子的马跟在最后,气喘吁吁,马背上汗水淋漓,把柱子的衣服都濡湿了。朦朦胧胧中,穿过一条河,微微曙色中,柱子看见河上的洋铁桥。这才发现,哦,这不是来到了花棵河么。

柱子的心情有点激动,心里怦怦直跳,但嘴里却不敢发出一点声。

凌晨,小桃红突袭了花棵河火车站下的尹春居。二当家的在外面望风,小桃红和柱子翻墙进入门内。

尹大嫂子正在熟睡中,两把冰凉的刀架在了她的脖子上,一把是何赛儿的,一把是柱子的。

"好汉不要动手,好汉不要动手!要什么给什么!"混了这么多年,尹大嫂子见的场面多了,没有露出一点惊慌失措的神色。她缓缓地起身,穿衣下炕。"我一个妇道人家,杀个鸡都得使出吃奶的劲儿,好汉放心,我不会还手!好汉收回那白晃晃的家什,吓人呼啦的。有话好说,有事好商量。我这就去点灯。"小桃红透过窗棂的月光,看看房里并无他人,示意柱子收起家什。

"好汉请坐。"尹大嫂子伸手点上油灯,又去斟茶倒水。"我说好汉,先坐下润润喉咙,有话好好说。要钱呢,我这里还有一点。要想喝壶酒,俺立马给好汉叫去。啧啧啧,你看看,好汉来俺这儿,真是碰上了好茬口儿。前天俺刚从县上'天香书寓'买来两个丫头。啧啧啧,那是两个天仙一样的可人儿,葱儿一样白,黄花菜一样嫩,又会弹琴,又会唱曲。人又温顺,手段还好,连那日本人伊藤见了都喜欢得了不得呢。啧啧啧,好汉有福,来得真是时候,那伊藤正好不在花棵河车站。"

"少废话,坐下!"小桃红借着灯光,瞄了一眼四周,没见什么动静,知道这里并没有什么危险,哗啦一下拉下头套,露出一头乌发。

"哎呀呀,怪道呢,原来是女中豪杰。俺说怎么觉得有点不对劲。"

"少啰唆，尹大嫂子。俺是小桃红何赛儿。北山套九龙山上的，想必你是听说过的吧？"

"啊？是何姑娘？何姑娘，失敬失敬！你看我这老眼昏花的，错把姑娘当好汉了。"尹大嫂子早就听说九龙山上有个女响马，带着一帮人神出鬼没，专干些打家劫舍、杀富济贫的事。

"何姑娘真是来得不巧。您也知道，自从日本人来了花棵河，我这里成了日本人的安乐窝，白吃白喝不说，动不动还抢这拿那，前几年积攒的一点细软，都他奶奶的赔干净了。就这几个银圆了，何姑娘要是不嫌少，就算老姐孝敬何姑娘的。"尹大嫂子边说边到柜子里摸出一摞银圆，笑脸相迎地捧着送到小桃红何赛儿眼前。

"别哭穷，俺这次不是冲你来的。"

"那恁这是？"

"扒日本人的火车！"

"扒日本人的火车？俺可不敢，您就是给俺十个脑袋也不敢。你可知道日本人的那个狠劲儿，个个杀人不眨眼，白刀子进去，红刀子出来……"

不等尹大嫂子话落，只见小桃红把手腕一抬，嗖的一声，从手中飞出的梭镖划出一道美丽的弧线，正中尹大嫂子供奉的财神爷像的脖颈，瓷质的财神爷像哗啦一声碎了一地。又听唰的一声，小桃红的匕首掠过尹大嫂子的耳际，尹大嫂子一绺儿蓬松的卷发洒落了一地。吓得尹大嫂子一屁股蹲在地上，像打摆子一样，瑟瑟发抖。

"何姑娘手下留情！何姑娘手下留情！你说咋办就咋办，俺全听你的。"

尹大嫂子答应了小桃红所有的要求。

第十四章

　　"这不是柱子么，长这么大了，啧啧啧，直挺挺硬邦邦的一个大小伙子喽！多少年没见你了，你跑到哪儿去了？怎么？你入了小桃红的队伍了？干什么不好，干吗非干土匪这一行不可呢。小儿咪，你达教过你吗，按辈分呐，你得叫我个大姑。我和你达是一辈儿的。你大姑在这花棵河上名声不好，有人说我是破鞋，骚货，开窑子的。你不攀我这个八竿子打不着的大姑也罢。小儿咪，随便你叫我什么都行，我尹大嫂子反正也这把年纪了，还能活几年？一辈子吃香的喝辣的，该受用的都受用了，该风光的也都风光过了。要风有风，要雨来雨，圣城里，花棵河村，哪个男人不想喝你大姑的一壶花酒，哪个娘们不因为我嫉妒得牙龈出血？够啦，够本喽。我吹？小儿咪，你毛还没长全，你问问你达和你娘亲去！么？问你达近来的状况？你达他可是个有情有义会过日子的好男人。年轻那时候，你太小，不记事，你达虽然看着穷，但小日子那过得是有滋有味的。他走街串巷，掐字算卦。

　　"你说你达现在咋样？你达现在是阔了，有钱了，得劲了，有吃有喝了。多少日子没来我这里喽。日本人把他当宝贝，动不动就把他叫去，大事小事都让他算上一卦。就说伊藤那龟孙子可迷信着哩，你说邪乎不邪乎。你达，神神道道，时准时不准的，云山雾罩，瞒天过海，那日本人可听他的呢。你还别说，你达也算积了阴德，就因为算卦还真救了不少人。就说花棵河集上小六子的媳妇被日本人盯上了。要不是你达装神弄鬼地忽悠捯饬，小六子的媳妇说不定早就没命啦，你达是小六子家的恩人呐。

"你想回家看看？那可不行，小儿哞。日本人好歹把砸死'井中'这个事慢慢给忘下了，你若回去，不是没事找事么，蛾子不能往那灯火上扑啊。想你娘？小儿哞，我不能不告诉你，你娘她，她……她……她死了。怎么死的？我也不清楚。你走了以后，你娘天天念叨你，一遍一遍地念叨。柱子啊柱子，你虽不是你娘身上掉下的一块肉，可是你娘把你拉扯这么大，本指望你能给她养老送终，可你这一走就没了音信，是死是活也不知道。养条狗还指望能看个门呢，栽棵树打算好乘凉，这可好了，养大个小子，大了大了却给跑啦，这不是人财两空么。你娘成天唠叨，听得人耳根子都生了茧子。去年春上生了一场大病，就死了。唉，苦命人呐，没过上一天好日子！

"你问你弟弟，是叫梁子吧。听说这熊孩子倒出息了。高小毕业了，你达又叫他上县上读书去了。过年的时候，村里的'门对子'，谁家有个红白喜事的，都是他写的。你说谁？孔效愚？是的，以前都是找孔效愚写的。现在那个郎中啊，不行啦，老啦，不中用啦，拿不动笔啦。关校长，你知道吧，逢人就说什么咱村里说不定要出个大人物哩，说的就是你弟。你弟和你可真不是一个娘生的。那孩子听话，斯文着呢，不多言多语的，大了准能干点正事。就是有点胆小，像个大姑娘似的，见了毛毛虫都害怕。

"小儿哞，你饿了吧，锅里还有两个白馍，你先垫吧垫吧。

"问谁？赵白眼，财主赵白眼啊。这家人算是倒了血霉了。老话说得一点不假，穷不过三代，富不过三辈。想以前，那赵白眼可是花棵河数一数二的大财主啊，过年蒸的白馍都长了毛，出了正月还吃不完，人家买白糖都是用麻袋装，你说他家有多富。你看看，我这记性，真是老了，好忘事了。 你不是他家的长工吗，他家的富足日子你应该是知道的。 唉！ 自从日本人打死了赵白眼的三老婆，烧了他的大宅子，抢了他的家产，到今是什么都没啦。 前边的两个婆娘，一个被气死了，一个跑回娘家了，几个闺女嫁的嫁，走的走，树倒猢狲散啊。 现如今赵白眼和赵伊灵爷俩住在破庙里，靠几亩薄地收点租子维持着过活。 这你知道的，赵白眼多少年没扛着犁耙下地干活啦，现如今也没辙了，也歪吧歪吧地得下地了，因为只有一个看门的郑老头还跟着他。 郑老头一个老光棍，没地儿去啊，一辈子都在赵家劳磨。 老天爷有眼，几年下来，赵白眼渐渐有了点积蓄，就想着再重新盖起过去的宅院，这不地基都打好了，就等秋后起墙了。 听说，你达没少顾念了他。 为么？ 你达这人善良啊，心里老觉得亏欠赵家才这么做的。 街上的人没少戳你达的脊梁骨，就为着他给日本人干事。 俺知道，你达也是没办法的办法啊。

"什么？ 你问七小姐伊灵。 小儿咪，你先喝口茶。 我去跑趟厕所，回来再给你说。"

第十五章

"小儿哎,你的脸怎么那么红,喘气也这么粗,是不是冻着哩? 没有? 那怎么回事? 没事就好。 俺接着跟你扯。

"你问七小姐伊灵是吧。 赶上这世道,小姐的身子丫鬟的命哦。 碰上这样的命,你就从了呗,这丫头片子可不是省油的灯,闹得狗窜猫跳。 小儿哎,你怎么这会子又打起喷嚏来了,一个激灵接一个激灵的,该不是真的冻着啦? 小翠——小翠——熬碗姜汤来,多加点红糖,热热的,快。 这丫头该不是又睡着了吧。 小翠,小翠——

"说到伊灵这小丫头片子,幺蛾子的事多着哩。 她家出事后,赵白眼住在破庙里,成天愁眉苦脸,茶不思,饭不想,觉睡不沉,成天想着重新把家业再置办起来。 你想,祖宗八代好不容易积攒下来的家业,叫日本人一把火给烧了,能不心疼? 县上乱糟糟的,日本人到处找花姑娘,赵白眼也不敢再让闺女上县上上学了。 花棵河也不安宁啊,日本人三天两头地到村里搜刮,谁家的大闺女小媳妇敢抛头露面? 都藏起来了。 没办法啊,赵白眼思来想去,一不做二不休,想了一个万全之策。 嫁闺女! 亏他想得出,嫁了闺女不再操那份安宁的心,又能靠闺女出嫁挣一大笔聘礼,正好盖房子置地,一只弹弓打出去,捡来两只鸟,好主意,就这么办。 你说这赵白眼会算计吧,你听听赵白眼那腔调:闺女唉,爹不中用了。 家道又败落到这个地步,爹是养不起你了。 你也不小了,也该替爹分担一点担子了。 你个闺女家，也到了该嫁人的年岁了。 爹是这样想的，给你找个好人家高高的聘礼嫁了算啦。 一个闺女家，早晚要嫁人的。 一来爹就放心了，这兵荒马乱的，日本人又猖獗得凶。 一个大姑娘家住在破庙里爹不放心啊。 二来爹爹也可以得到一份聘礼，老了不用犯愁，也算闺女你尽了孝心。 啧啧啧，你听听，赵善人这话说得多不中听。 这是什么爹啊，这不是养闺女卖钱用来养老么。 可是，转过头你想想，这也是没法子的事。 老话说得好，养儿防老，养女送终。 赵白眼一辈子连个儿也没有，生了清一色的闺女，现在不靠闺女还能靠谁？ 其实，明白人都知道，赵白眼说养老是假的，心里还是想着恢复烧掉的家业。 赵白眼一有了这主意，放出风来，镇上来提亲的人踏破了他家的门槛。 村南头的王财主愿意出二十亩水田做聘礼纳小，镇上安抚会里的丁大头的侄子刚死了婆姨愿意出十万续弦，那大大小小的媒婆开出的条件更是让人的口水都流到花棵河里去了。 赵白眼喜滋滋地一天一个报价说给他那宝贝闺女听，成天做着卖闺女发大财的白日梦。

"说什么？ 你问伊灵啥态度。 你想啊，那丫头片子是在县上读过书的，可不是吃素的主儿，哪是省油的灯！ 心眼鬼得很，脑瓜子可有道道哩。 小儿咪，你还笑，面对这种人小鬼大的祸祸丫头，你还能笑出声来。 你接着听我讲，一开始赵白眼提出的所有要求，那丫头都爽快地答应，没有一点反对的意思。 总是说，女儿的婚姻大事爹爹做主就是了，怎好自作主张。 甚至还和她爹同谋，挑肥拣瘦，讨价还价，得了月亮还想日头。 什么？ 伊灵不是那样的人？ 小儿咪，你才见过多大点世面，接触过多少人，这人心隔肚皮的，知人知面难知心呐。 你怎么知道伊灵不是那种人？ 你听我讲，伊灵这样听话，乐得个赵白眼逢人就夸他的闺女孝顺，自己多么多么有福。 慢慢地，赵白眼也就放松了警惕，也没再管束伊灵的出入。 伊灵就三天两头地往县上跑。 今天去买块花布准备做嫁衣，明天去买盒香粉，赵白眼也都依着她，着家里的郑老头跟了去倒也放心。 去年阴历八月初六，还是你达给选的黄道吉日呢，赵白眼张罗着在俺酒馆里办了个选亲会。 选了吗？ 看急得个你，你听我慢慢道来。 啧啧啧，那个选亲会可真是让你大姑开了眼啦。 伊灵姑娘打扮得花枝招展的，进进出出，很是招摇，自己的婚事自己张罗着办，没有一点千金小姐的矜持样子。 前来提亲的有十几家。 你猜怎么着？ 赵白眼这次可真的是丢大人啦。 选亲会刚开始，也不知道从哪里忽然窜出来一帮男男女女，有拿着照相机摄影的，有拿着本子记录的，还有吆喝的，起哄的，闹事的。 其中一个小后生，站在咱家门外高高的台子上，激情澎湃地做演讲。 我学给你听听都是些什么话啊。 老乡们，民国都建立三十几年了，婚姻自主，恋爱自由，三民主义，男女平等，五四新文化运动先知们的教诲呼唤了多少年了，文明社会正进入到如火如荼的阶段。 但是在这里，在花棵河，在孔老夫子的家乡，居然还有人拿女儿的婚姻卖钱的，居然还进行选亲招标，谁给的彩礼多，就把女儿嫁给谁。 我们得把这件事情报道出去，让全中国、全世界的人都知道，让他遗臭万年，让他万劫不复！ 这是多么愚昧、多么落后、多么封建的婚姻买卖，是可忍，孰不可忍！ 县上的维持会、警察所等地方的头头们，都跑来了，挤得咱家的大门都烂了。 可怜咱家的院子还是太小，来了那么多人，把咱家折腾得沸反盈天，一塌糊涂。 日本人更是来凑热闹，叽里呱啦也不知都说了些什么。 乱哄哄的，好几天不得消停，花棵河这回可是出了大名喽，十里八乡的老少爷们都来看热闹。 最后赵白眼被维持会、警察所的人扭送到县上训诫了好几天，幸好关校长有面子，最后总算保释出来了。 你问伊灵？ 别提啦，那伊灵还咯咯咯地笑呢，成天跟没事似的，这死妮子人事不懂！ 村里的人都说，县上报社里的那帮年轻后生，都是伊灵当初在县上一块读书的老同学哩。 他们是串通好了，专门治赵白眼那个老财迷的。

"后来？经过这一闹，赵白眼成了霜打的茄子，蔫了。再不提女儿的婚事了。还是关校长出面，数落了赵白眼一通，这事也就撂在那里了，也没人再去管这等闲事，只是成了大伙茶余饭后的闲谈。关校长看着伊灵聪明伶俐，愿意收养她做干闺女。"

"认干闺女？你是说关校长认伊灵做了干闺女？"

"是的。伊灵那个丫头上学是上不成了，县上乱得很。打从关校长认了伊灵为干闺女以后，伊灵就搬到小学里去住了，帮着关校长上上课。你还别说，也就是关校长能管束得了这个小丫头。从此以后，那个疯丫头倒是消停了不少，很少在街上出头露面了。你等等，我听见有人敲门了，我去开门。"

……

尹大嫂子去开门，没再回来。柱子躺在尹大嫂子客厅的长椅上，翻来覆去睡不着。想什么呢，回想从小和伊灵一起经历的一切，回想一起掏过的燕子窝，回想一起焖烤的麻雀，回想去送伊灵到县上上学在花棵河连翘丛换衣服的慌张，回想伊灵那双忽闪忽闪会说话的大眼睛，回想伊灵那张像抹了蜜一样的鲜红小嘴，这些场景像过电影似的在柱子的脑海里过了一遍，柱子到现在才明白，他到现在牵挂的还是伊灵！可是，柱子转了身又想了想，想她做什么？和自己有什么关系？她是咱什么人？现在自己是一个落草为寇的土匪，像是和财主家的千金小姐，八竿子打不着，一毛钱的关系也没有！迷迷糊糊中，柱子又一下子想通了，释然了，反而睡着了。

朦胧中，柱子做了一个梦。梦到他和伊灵去花棵河边挖野菜，挖着挖着遇上一群大灰狼。眼前的大灰狼围着他俩打转，吓得柱子拉起伊灵撒腿就跑，俩人跑啊跑，跑出了好远，跑得上气不接下气，气喘吁吁，跑得大汗淋漓，两腿僵硬，实在跑不动了，伊灵就坐在河沿上哭。柱子去拉她，怎么也拉不动。急得柱子抓耳挠腮，顿足捶胸。柱子使出浑身力气叫她又发不出声，想抱她又不敢抱。不知为什么，不一会儿，痛哭的伊灵变成了小桃红。这下好了，小桃红有的是力气，她一只手牵着柱子，另一只手拨开云彩，呼的一下飞上了天。蓝天之上好宽阔啊，宽阔得一眼望不到边，蓝得让人沉醉。他俩牵着手，飞呀飞，飞呀飞，一直在白云之上飘摇飞翔。透过白云朝下看，飞过了一条黄丝带一样的河，飞过了松柏茂密的山岳，飞到了连翘烂漫的村庄，飞过铁路桥，飞过了祈雨殿，一直飞到了桃花盛开的九龙山。飞呀飞，飞呀飞。忽然晴天里一个闪电，银蛇狂舞，接着一个霹雳响过，雷霆万钧，他和小桃红重重地摔在了地上。疼啊疼，疼得柱子肝胆欲裂。

　　柱子一个激灵，猛然醒来。

第十六章

　　小桃红准备在方圆几十里的地盘上弄点大动静出来。日本人进入圣城以后，圣城从县上到乡下，盗匪丛生，老百姓深受其害。洙泗河上游有王大棒子的"青红会"，凫山脚下有李麻子的"独眼帮"，圣元村又出了个"大刀会"，胡家铺出现了"蒙面虎"，这是几股较大的盗匪势力，势力小一点的土匪窝子更是不计其数。一时间，盗匪恶痞，纷纷抢占山头，树立门派，各霸一方，祸害乡里，而且相互之间火并不断。小桃红出道早，很少有帮派敢惹她。但去年冬天，她的队伍还是遭到过王大棒子的"青红会"的伏击，死伤惨重，差点伤了筋骨动了元气。要不是维持会出来说和，两帮火并，还不知道要到什么地步。小桃红明白，要想在圣城混得下去，在江湖上立得住脚，必须闹点大的动静出来。动静闹大了，别人才能知道你的厉害，才能知道你的实力。射人先射马，擒贼先擒王。二当家的建议先从日本人头上开刀。只要这一刀下去，见红放血，打响了，就一定能威慑住方圆几十里的妖魔鬼怪。小桃红斟酌再三，采纳了二当家的意见。

　　小桃红在尹春居吃饱了，喝足了，取了尹大嫂子的宝贝盒子就要上路。尹大嫂子死磨烂缠企图阻止小桃红的行为。小桃红说，不是我不相信你，我小桃红第一次跟你做生意，你得放点押金不是？这生意成了，我小桃红把这宝贝盒子原封不动地给你送回来。这事要是不成，或者你出卖了俺们，别说这点珠宝回不来了，恐怕你尹大嫂子的日子也到头了。 小桃红取了尹大嫂子的珠宝箱，和二当家的趁天黑上马离开了。 她把柱子留了下来，一来柱子熟悉花棵河车站的情况，好做个内应，侦察好了，等那日本人的火车来到花棵河车站的消息一旦确定，就飞马报信，有粮食扒粮食，有武器拿武器，有啥东西抢啥东西。 二来，她心里还是不敢相信尹大嫂子。 这老娘们，明里一套暗里一套，就怕她逢场作戏，阳奉阴违，坏了自己好事，留下柱子好做个监管。 总之，要弄个大动静出来，要让圣城里的人们听到个声响，这事只能成功，不能失败。

柱子装扮成商人住在店里，住在了尹春居。 他一连住了好几天也没见有什么动静，这吃饱了就睡，睡醒了就吃，柱子兀自生出了一些寂寞。 好在尹大嫂子拉着柱子，唠唠叨叨，把柱子走后花棵河发生的一切全部说给他听，这才打发着无聊的日子。

一天，伊藤和郑晓华来尹春居吃酒，两个人喝得高兴，说了很多尹大嫂子听不懂的话。 他们一会儿说日本话，一会儿说中国话，尹大嫂子听得云山雾绕，丈二和尚摸不着头脑。 以前日本人来店里吃酒，都叫姑娘陪着，今天怪了，俩人光喝酒，不要花姑娘。 尹大嫂子有心试探，催了好几次，让伊藤点姑娘，都被伊藤拒绝了。 尹大嫂子觉得蹊跷，感觉他们在商讨什么事。 她隐隐约约听到他们说后天晚上有一列日本人的火车要在花棵河站停靠，火车上有什么东西，为什么停靠，她一概弄不清楚。 尹大嫂子心想，知道这一点就够了。 她决定要把情报通报给柱子，打得下枣打不下枣，那是你们的事，反正我把消息给你们递过去了。 柱子听到消息后不敢怠慢，连夜将消息传给小桃红。

果然，小桃红一路人马，在月黑风高的晚上悄悄赶到花棵河洋桥边，埋伏在铁路旁的连翘丛中。 日本人的火车刚一停下，就遭到小桃红大队人马的袭击。 伊藤虽有警戒，终因人手有限，不敌小桃红的队伍。小桃红大获成功，除了截获一些枪支弹药以外，还抢到一批日本的罐头、糖果、清酒等生活用品，一帮人便神不知鬼不觉，心满意足地连夜策马回去了。

柱子参加了扒车的整个过程。他既胆战心惊又兴奋好奇。当他第一次看到一大堆日本奶糖的时候，竟然不知道那是什么玩意儿。他不敢确定这玩意儿是不是能吃，拿着奶糖端详了很久。小桃红告诉他，这叫糖，甜的，可以吃。他吃了一颗，才知道这世界上居然还有这么甜的东西。他长这么大，在花棵河吃过最甜的东西不过是冬天里的烘地瓜。他有点沉醉，觉得人生在世，真应该好好活一场，应该好好闯荡一番，至少得尝尝世界上最好最甜的东西。

人真是个奇怪的动物。在极度危难之际，首先想到的恰恰是最本能的需求。这是柱子生平第一次思考人活着的问题。

其实，柱子不傻，自有他的小九九，和他的晚爹王半仙一样的精明，能算计。

柱子在尹春居装扮成商人居住的这些日子里，他曾偷偷地去过一趟关校长家，找过伊灵，还真见到了她。

第十七章

伊灵在民国小学关校长家里忽然见到柱子，差点晕过去，惊愕得大气都不敢出。她做梦也没有想到，会在这个地方见到这个特殊的人。

"你是谁？ 你别过来！ 你别过来！"

"我是柱子啊，我就是在你家当长工的柱子啊！ 就是送你去县上上学的柱子啊。"

"柱子？ 柱子哥？ 是你！"

"是啊，我就是柱子啊，不信你走近过来看看。"

"真的是你？ 我不是做梦吧？ 我不是活见鬼了吧？ 你快吓死我了！"

"真的是我啊。 不信你摸摸我的手心，还热乎乎的呢。"

"这些年你都逃到哪里去了？ 我还以为你死了呢。 你该不会是假的吧？ 你别吓唬我，我胆小。"

伊灵掐掐自己的大腿，按按太阳穴，眨巴着漂亮的眼睛，一直以为自己是在做梦呢。

"你怎么知道我在这里？"

"车站底下尹春居的尹大姑告诉我，她说你现在就住在关校长这里。"

"真的是你啊柱子哥！ 快告诉我，这些年你跑到哪里去了？ 你到尹春居干什么？那个腌臜窝可不是你待的地方。"

"说来话长，待我慢慢说给你听。"

柱子定眼看着伊灵，被眼前的这个出落成大美人的伊灵惊呆住了。他像被噎住了一样，惊讶得一时什么话也说不出来。伊灵不再是以前赵家大院里的伊灵，现在的她已经是一个不折不扣的大姑娘了。一双贼亮贼亮的大眼睛忽闪忽闪着，比花棵河的水还清亮还温柔。在柱子眼里，老人嘴里的七仙女，月亮上的嫦娥，老戏中的貂蝉，也不过如此。小桃红的漂亮比她更差一大截子哩。伊灵的美丽像火车头前的一束强光，直照得柱子不敢对视，让他眩晕。

两人把这几年的点点滴滴坎坎坷坷历数了一遍。

说着说着，两人说到各自爹爹的身上。

"我爹爹不是人，把我当成赚钱的砝码，挖空心思就想着把我卖出去，赚回他十几年在我身上的投入，好恢复他失去的家业。"伊灵说。

"我达偏心眼。把我当赚钱的牲口，用我挣的钱供他的亲儿子上学，一心想靠他的儿子升官发财，光宗耀祖，享受荣华富贵。"柱子说。

"我爹虽是亲爹，哪顾我的死活，哪寻思过我的前途，哪顾念过我的感受？不像我的干爹爹，事事都依着我，处处都护着我，天天都哄着我，让我学这学那，教我干事的本领，使我懂得做人的道理。"

"我达本来就是晚爹，他收养我本来就是想让我再加倍地偿还他。哪里赶得上我的山主小桃红，教我练就能飞的本领，教我闯荡江湖的能耐。这么说来，不管是亲爹还是晚爹，咱们的达都不待见咱，都不把咱当人。"

"对，咱们的爹爹都不是人。"

"俺是说不把咱当人看，没骂他们不是人。"

"不把咱当人看，他们就不是人！"

"说的也是。都不是人。都是势利鬼，财迷魔。"

两个年轻人义愤填膺，越说越带劲。心灵的默契达到前所未有的一致。他们的心靠得很近，很近。柱子也觉得奇怪了，只有和伊灵在一起才有说不完的话，在小桃红面前就不愿多说一个字。这一下午说的话比他在九龙山上好几年说的还要多。

"伊灵，咱们逃吧。你也跟俺一起走。"

"到哪去？"

"去九龙山，找山主小桃红去。"

"那里好吗？有什么值得我去的？"

"咱九龙山上的人有福同享，有难同当，活着同吃一碗饭，死了共躺一座坟。饿了，有肉吃。渴了，有酒喝。有吃有喝，自在舒坦。"

"我不去。"

"干吗不去？有吃有喝的。"

"我要跟着干爹爹教书，教花棵河的小孩子读书识字，教他们文化知识，教他们怎么做人，传播文明的种子。"

"你不想跟我在一起？"

"我干吗非要和你在一起？"

……

"柱子哥，我不是那个意思。但我也没有别的意思。"

"你……"

"我是说，你让我跟你走，一起上山当土匪，我做不到，我也从来没想过要这么做。你这话问得太突然了，我一点准备也没有。"

"我……这么多年了，就……想……和你在一起。"

"和我在一起？一起去落草为寇，打家劫舍，祸害乡里？我才不干哩。"

"别说得那么难听。这不是让这兵荒马乱的年月给逼的，先找个地儿落脚，等年月好了，再过安生的日子。"

"我才不去呢。我还想到省城去上大学。重新回到校园多好啊，有书读，有朋友交。"

"你还想去上学，都多大了？"

"当然了，上学多好啊。但如果局势还是这样蔓延下去，说不定我还要到延安去。"

"延安？延安是什么地方？"

"干爹爹说，在中国的大西北，有个叫延安的地方，那里有一群人闹革命，那里才是穷人的天下。干爹爹还说了，在那里没有剥削，没有压迫，人人平等，个个自由。耕者有其田，织者有其衣，饿者有其食，睡者有其居。只有延安才是中国最有希望的地方。"

"还会有这样的地方？俺不信！"

"你当然不知道。你光知道在山上养骡子喂马，下山就知道抢劫撕票，当然什么也不知道了。"

"你说话忒难听！就不能说点好听的吗？"

"难道不是这样吗？这些都是你说的呀。"

伊灵的话犹如连发的梭镖，句句都扎在柱子的心上。长期以来无家可归孤儿的悲怆混合着男人的自尊使得柱子心里瞬间升腾起熊熊反击的烈火。他要抗争，他要反驳，他要烧毁一切的耻辱、轻蔑和嘲弄。

"嘻，我说伊灵，你现在可不是赵家的七小姐啦，你少给我来这一套！伊灵，其实你现在和我一样，日本人烧了你家的房子，抢了你家的财物，逼走了你的姨娘，害病了你的爹，一家人七零八散，走的走，逃的逃，死的死，活着的也只能住在破庙里或借住在别人家，所以说你现在有什么可以值得翘尾巴的？你还不是和我一样，就是一条没有家的狗！"

"你胡说，你才是一条丧家的野狗。我有家，我有学校，我有干爹爹关校长。"

"你口口声声干爹爹长，干爹爹短，干爹爹这，干爹爹那，伊灵，俺可告诉你，我听说，那个姓关的在日本还有个东洋的老婆，你做小也不配，到现在也没有你的份儿！"

"你，你……浑蛋！你滚！呜呜——"

……

怎么会这样？连柱子也没想到自己怎么会说出这样恶毒的话。这真是戳心剜肺，刮骨断筋的恶毒啊。多少年以后，柱子虽然在心里也为当时的冲动、过激、狰狞、口吐秽言而自责过，悔恨过，痛骂过，但是在人面前，他的嘴很硬，心更硬，从没有承认过自己做错了什么。

柱子心里本来揣着一团火来寻找伊灵的，目的是寻求小时候的一丝温馨，还有一丝隐隐的觊觎和期盼。觊觎什么？期盼什么？连他自己都朦朦胧胧，模模糊糊，说不清，道不明。在尹春居住着时，他思忖再三，做了充分的心理准备，设想了种种的可能性和危险性，毕竟这是他逃离花楝河后的第一次自作主张，冒着被发现，被日本人砍头的危险来寻找伊灵。他违背了小桃红的一再叮嘱，要他老老实实蹲在尹春居里待着，不可出大门一步，他只要尹大嫂子的准确情报，只要这一条就够了。他没有去看收养他的晚爹，没有去看躺在坟里的晚娘，没有去看他那没有血缘关系的弟弟梁子，没有到疼爱他呵护他教他骂他吓唬他的刘罗锅的坟上哭一场，只是鬼使神差一门心思地来寻找伊灵——这个骂他、瞧不起他的伊灵。这究竟为什么？他本来想把那条用血染过的红纱巾亲手交给伊灵，重拾儿时的两小无猜、亲密无间，没想到得到的竟是一个"滚"字和一顿攻击和嘲笑。他想痛痛快快哭一场，但男儿有泪不轻弹。他把牙齿咬得嘣嘣响。他的心在颤抖，在流血。他的脸已经变形，变得异常狰狞。

恰在此时,一个苍老的声音从大门外传进来:"伊灵,快开门,快看干爹给你买了什么?"柱子知道,是关校长回来了。他瞬间变得异常敏捷,做好了迅速逃离的准备。

临走时,柱子张口说道:"赵家七小姐,赵伊灵,你给我听好了。我今天来就把话挑明了吧,你早晚是我的人,早晚是我碗里的菜!你好好想明白了!"

话音未了,柱子从腰里拽出那条染血的红纱巾,刺啦一声,用匕首划开了一半,缠绕在匕首上,嗖的一下,稳稳地插在门楣的正上方,另一半掖在了自己的口袋里。柱子一个箭步,身手矫健地跳窗而去。

伊灵嚎啕大哭。

第十八章

关校长是花棵河的神秘人物，很少有人知道这个戴着圆圆的眼镜、脸色白皙、行为儒雅的人的详细来历。花棵河的"三友私塾"改为"花棵河民国新式小学"，设帐收徒的晚清秀才孔溪莲老先生显然已不再适合教书，便告老回家。圣城县教育科派关敬轩过来做校长，推行新式教育，学的都是民国新编的教科书。孔溪莲老先生偶尔也来学校转转，教孩子们写些毛笔字，摇头晃脑地教孩子们背几段《论语》《三字经》《声律启蒙》《龙文鞭影》什么的。关敬轩不排斥，也不领首鼎推。老瓶新酒，新瓶老酒，新的旧的，中的外的，一概兼收并蓄，相互包容。

后来，柱子才知道，关敬轩出生在岭南的一个富裕商贾之家。天资聪慧，少有才名，十七岁赴日留学，在日本认识了黄兴，加入同盟会。跟着汪兆铭，参与策划过北京什刹海暗杀摄政王载沣的传奇义举。是不是有这回事大家谁也不知道，只是传的有鼻子有眼。询问关敬轩，他也只是微笑不语，不说是，也不说不是。

"伊灵，你怎么哭成这样？是谁惹你不开心了？"关敬轩进门关切地询问。

"干爹，我刚才想起了被日本人打死的娘了。想想她真可怜。"伊灵隐瞒了柱子的不期而至。

"真是个孝顺的孩子。可是人死不能复活，一味伤心，反而作践了活着的人。活着的人要好好活着才对。要把这仇记在日本人身上。你说呢。"

"我听干爹的话。"赵伊灵抹去眼泪,恢复平静。

"干爹告诉你,日本人欲壑难填,贪婪至极,不仅四处掠夺物质财富,而且也想方设法到处鲸吞文化资源,抢劫文物。有件事,我不能不告诉你。免得哪天我不在了,死无对证。你们年轻人要好好活着,要记住这笔账,早晚要让日本人归还!"

关敬轩听说了一件事,要说给伊灵听。因为这件事让他久久萦怀,纠结在心,寝食难安,所以才说了上面那一番话。

日本人在圣城表面上尊孔崇孔,维护孔家的威严和安宁,尤其把圣城的文物视作珍宝,不容忍任何人随意践踏,但骨子里侵占掠夺我们的财富包括精神财富的狼子野心并没有改变。他们对圣城的文物早就垂涎三尺。只是时机未到,装个样子给人看看罢了。就在关敬轩说这事的前几天,在北京留学的日本人关野雄等人组成了所谓"考古队",打着学术研究的名义,进入圣城,说是要做挖掘考古材料,做考古论文。春上,在对圣城东周公庙的东侧高地进行"考古发掘"时,关野雄意外地发现了西汉初年鲁国灵光殿的遗址,得到一块珍宝——北陛石,打算将北陛石从兖州通过火车运到天津,然后从天津运往日本,进行学术鉴定和研究,还厚颜无耻地登报声明,一旦研究结束,马上归还中国。但人们都知道,日本人学术研究是假,占为己有是真,登报声明不过是掩人耳目,巧取豪夺而已。

关敬轩明白,这是祖先留给我们的文化遗产,怎能落入这些倭寇强盗之手。关敬轩深感作为一个中国人的责任和担当,把祖先留下的珍宝拱手让给侵略者,那就是历史的罪人。虽然他知道以一己之力,无异于螳臂当车,以卵击石。但对于这件事敢做与不敢做,正是验证一个人是否有道义、良知与担当的试金石。他决定要阻止日本人的这次行动。他先是联合圣城的乡绅贤达之士,奔走相告,慷慨陈辞，据理力争，然后上书县上的和平维持会、伪县部、宣抚班，阻止北陛石被运出境。无奈这些人大多和日本人狼狈为奸、沆瀣一气，怎会把你一介草根乡人的呼告当回事儿。

关敬轩拖着疲惫的身子回到花棵河家里，失败的挫折感萦绕在心头，无奈长嚎当哭，深感家国沦陷的悲怆和屈辱。每当夜深人静的时候，关敬轩常常一个人登上花棵河高坡，面对浩夜长空，默念杜甫《春望》的诗句：

    国破山河在，
    城春草木深。
    感时花溅泪，
    恨别鸟惊心。
    ……

第十九章

"小桃红"何赛儿死了。

小桃红没有死于与王大棒子的火并,没有死于与独眼龙的争夺地盘,而是死于日本人野兽般的折磨和凌辱。

又一次计划去扒日本人的火车。小桃红已经把日本人火车进出花棵河站的情况摸了个一清二楚,每次都会有不错的斩获。诸多日本人的新鲜玩意儿,让小桃红喜之不尽,香水、化妆品、罐头、饮料等,让她到了痴迷的程度,由此,小桃红扒日本人的火车上了瘾。每次出山前,小桃红都做好了充分的准备。她把秀美的长发梳裹起来,挽成发髻,藏在黑色的头罩中。姣好的脸面上用黑墨涂匀。她不得不用这样的方式来保护自己,不得不做最坏的打算。她心里的痛太深太重。有一次,她被青红会的土匪生擒,那些无恶不作的家伙们要轮暴她,何赛儿一不做二不休,哗啦一声把全身衣服脱光,露出各种颜料涂满全身的裸体,姹紫嫣红,五彩缤纷,那些鸟人哪见过这样的女人,吓得屁滚尿流地一溜烟地跑了,算是躲过一劫。

说起来小桃红,原来也是个乡下极为富裕人家的孩子,老家在河北河间。她的爹爹沿街开了一家驴肉店,做驴肉火烧生意,卖驴肉下货,煮驴杂汤,小日子不宽不窄,不贫不富,精打细算,还算马马虎虎过得去。

小桃红虽然没有读过书,但凭着她的心灵手巧吃苦耐劳和不愁吃喝的家底，长大了在乡下找个能干活的后生嫁了，也能像许许多多的乡下闺女一样过上生儿育女操持家务的正常日子。可是贪财的父亲早早地就给她定了一门亲事，成人后要她嫁给邻村财主的小儿子——一个患有小儿麻痹症的小矬子。在十三岁那年的三月三娘娘庙会上，当别人指给她看那个小矬子就是她未来的丈夫时，她的心碎了。她一个懵懂姑娘家的憧憬、渴望和一辈子的幸福，被那薄薄的三亩水田和这个小矬子给葬送了。她于心不甘。她绝过食，也喝过药，也跳过井，上吊的绳子也准备了好几根，但终因事到临头，心里不坚而没有成功。她决定要逃跑，跑得远远的，跑到无人知道的世界去闯荡一番。一个十几岁的小姑娘觉得就这样随随便便死了，太对不起自己的生命，太枉费了来世上走这一遭。外面的世界很大，也很精彩，她要去逛逛。小姑娘就这样几次逃跑，几次被逮，几次又被找回锁在家中。父亲的棍棒，母亲的詈骂，夫家的催逼，兄嫂的白眼，邻里的说三道四，非但没有摧毁她铁定的信条，反而更坚定了她逃离的决心。她变换了一种方法。她把誓死的抗争变为有条件的顺从，伺机玉成其事。在和小矬子圆房的那个晚上，她成功地逃出了洞房。逃亡的路上注定了生生死死、担惊受怕和东躲西藏。被军阀部队的士兵强暴过，当过富贵人家的奶妈，做过几个月财主的填房，被卖到过津门窑子窝里当过娼妓……在津门窑子窝里，她结识了一位刚从国外回来的富家子弟。那青年却玩弄了她的感情。曾经的信誓旦旦化作落花流水般的残忍和无情。说好了要结婚生子，牵手走好一辈子，却迫于父母的压力和社会的舆论，最后抛下她不辞而别，天涯海角，相隔无音。她孤零零地在天津一无所靠。她再也不相信任何男人，她恨死了天下所有的男人。她一咬牙，上山落草拜了一位女师傅，入伙做了土匪。

小桃红恨透了天下所有的男人，在她的心里天下的男人没有一个好东西，包括她的爹爹和哥哥。是她的爹爹包办了她的婚姻，是她的哥哥用席子把她裹起来硬往小姓子家里送,是村里男人们异样、鄙夷的目光逼着她逃走,背井离乡。 是一个一个男人欺骗了她,不把她当人,对她招之即来,挥之即去。 她经常望着河里的浮萍发呆,觉得自己的命运也像浮萍一样顺水漂流,居无定所,身无所归,心无所定。

本来按照女师傅的规矩,九龙山上是一个男人也不要的。 当年,她也是冲着九龙山是清一色的女儿国才下定决心落草为寇的,在她阅世尚浅的内心里,觉得只有这里才是纯净清凉的世界。 女师傅死后,她做了山主没几年,就破了这个规矩。 山上的男人都觉得她是一个妖怪,喜怒无常,不可理喻,恐怖而可怕。

说来也怪,柱子的到来,让小桃红有了一种异样的感觉,这真是一件匪夷所思的事情。 人早晚要死的,九龙山早晚要有人接班。 二当家的太温柔,太优柔寡断,缺少做山主的果敢和气度。 柱子的粗犷、忠诚,但是还有点小男人的稚嫩和羞涩,让她觉得是块难得的璞玉。 她要慢慢地雕镂琢磨,不急于三琢两磨地打磨出来。

每次下山前,她都要柱子准备好一大木桶的热水,回来后她要把身上花花绿绿的颜料彻底洗掉。 惊吓、劳顿、疲倦、肮脏,在热气氤氲的享受中慢慢消退。 她喜欢在浴桶里放满桃花瓣,或者加入其他的香料,浸浴其中,赛过神仙的一种感觉。

"小马倌,洗澡水准备好了么?"小桃红一进山门,把马鞭交给柱子就去沐浴。

"山主,一切都准备好了。 天有些冷,帘子已换成加厚的。 山上新摘的桃花瓣也放进去了。 换洗的衣服放在木台上。"柱子诺诺而退,依然低着头。 按照惯例,柱子这个时候就该退下了,换上二当家的伺候山主沐浴。

"慢! 把那些桃花瓣都捞出来,换上日本娘们喜欢用的香水。"

"是。"看来山主今天心情不错,肯定下山大有收获,柱子满怀喜悦地一一照办。

　　柱子知道新近从日本人的火车上缴获了一批日本女人用的物品，包括香水、粉饼、口红、沐浴露、头油，等等，这些都是山主喜欢的东西。

　　"从今天开始，由你伺候咱家洗澡。"小桃红吩咐道。

　　"我？他……这……"柱子嗫嚅着，不知是不是听错了。

　　"小子，怎么还木在那里，像个死人似的，快给咱家褪衣！"

　　晕晕乎乎，像喝了二两酒似的，柱子原本灵活的手今天完全不听使唤了。

　　这时，山主喊道："二当家的，二当家的，拿酒来，有什么好吃的，也一块端上来！"

　　柱子刚刚昂起的头，嗒然若丧，耷垂得像经过霜打的葫芦。二当家的用一种似笑非笑的眼神瞟着柱子进来了，手里端着上好的酒菜。"来喽，山主的美酒到喽。小柱子，帘子外候着去吧。"二当家的尖声尖调，肉麻得让人不寒而栗。

　　哭吧哭吧。丈夫有泪不轻弹，只因未到伤心处。

　　山风呜咽，林涛翻滚。天上的云聚了又散了，走了又来了。一霎霎儿有，一霎霎儿无，一霎霎儿浓，一霎霎儿淡。窗子外，山主的那只大白猫前几天不知犯了什么毛病，已经好几天不吃东西了。今天好歹有了活性。窗棂上挂着准备风干的鲜肉。懒惰的肥猫几次想蹿到窗棂去够肉，每次就差那么一点点。一次，两次，三次……最后一次，因为用力过大，前爪没有抓持好棂栅，重重地摔在窗户下的乱石乱草上。还好，没有摔晕。肥猫凄厉地叫着，眼望着窗棂上的鲜肉，露出贪婪而绝望的眼神。

　　帘子里传来时断时续的狎昵声，饮酒声。

　　柱子的泪风干了。他从衣袋里摸出那条鲜血一样的红纱巾，紧紧攥在手里。

他还是想他的伊灵。

这一次,小桃红失手了。 她带领几个弟兄扒火车遇上了一车的日本兵。 乱枪中,她仓皇跳车,磕在了铁道边储存的钢轨上,头破腿断,生生被擒。 几个兄弟死的死,伤的伤,残的残,有口气的也被日本人乱枪打死。 小桃红被带到日本人的宪兵部,受尽了非人的折磨和骇人的凌辱。

……

柱子去狼石岗收尸见到的情景让他做了一辈子的噩梦。 小桃红的身体被日本人大卸八块,乳房被挖空,血肉模糊,蛆蝇爬飞,臭味熏天。 柱子一靠近,就恶心得呕吐不止。 他用麻布捡拾完尸首,却怎么也拼不全小桃红。 太阳已经落山了,天色将黑,山坳里响起了恐怖的号叫声,时隐时现的绿光不时出现在他的视线内,柱子知道那是山上的野狼的眼睛,野狼们外出觅食的时间到了。 野狼们好不容易嗅到难得的美味,柱子的收尸,完全剥夺了野狼到口的饕餮盛宴,如果不及时离开,饥饿的群狼也许会围上来把他也吃掉。

柱子把小桃红的尸首搭在马背上,一阵狂奔,离开了狼石岗。

葬完山主,小桃红的队伍也宣布解散,各奔东西。 二当家的本来就威信不高,镇不住场子,只好树倒猢狲散。 柱子资历浅,也没人帮衬,暂时也还撑不起门面。 大家喝完散伙酒就各找各的门路去了。 柱子看着山寨门前小桃红的旗子,泪眼模糊。 他不知道要到哪里去。 他执意要再给小桃红守几天墓。 过往的片段像天上的云彩一样唰唰地流过。

第二十章

　　小桃红的坟茔前，柱子摆上供果，烧过香纸，将一杯老烧酒浇在地上。

　　太阳西沉，渐渐被蜿蜒的山脉吞没。黑黝黝的柏树枝上几只暮鸦叫得十分凄凉。山风吹在脸上，刀子似的割得生疼。枯黄的衰草随风摇动，发出呜呜的哀鸣。

　　小桃红已经死去十几天了。柱子无处可去。一个人像沉默的呆兽，游荡在山寨颓壁残垣中。没个人说话。整个九龙山沉寂得像座坟墓。实在烦闷了，他只能磨磨蹭蹭来到小桃红的坟前絮絮叨叨，自言自语。给山主哭诉一下心中的郁结。她是永远听不见了，永远不再呵斥、数落自己了。柱子前言不搭后语地说着，一个人的独白，想到哪，说到哪。

　　风说，忘了她吧，一个可怜的孩子，生来就苦，活着也苦，死的也苦，如今入土了，也就平安了。

　　柱子自语，不，忘不了山主，俺的姐，俺的亲姐，你死了，叫俺们咋办哩。俺知道你对俺好，想着栽培俺接你的班，做上那山主。俺咋不想哩。俺做梦都想当上山大王。哦，姐，你说过，你老了，干不动了，就让给俺干。二当家的那熊玩意不行，忒"面"，不是干山主的料儿。到时候俺们把头罩一换，把头罩上两朵小桃花，换成鼻子尖上的擎天柱。对，你说过，到时候，俺们的旗号就叫"擎天柱"！ 你说，等你老了，百年之后，女人当家的年月就过去了，就该男人过把瘾了。 要把俺们的旗号改换叫作"擎天柱"，就是俺名字的这个柱子的"柱"。 你叫俺发誓，俺做了"擎天柱"，你活着呢，俺就要永远都拥戴你，让你做个垂帘听政的老佛爷，像慈禧太后一样，要俺给你养老送终。 你死了，就在清明节、十月一，给你上香、摆供品、烧冥钱。 姐，你咋死得这么早哩，等俺翅膀再硬点就好哩。 都怪那日本人，是他们祸害死了你。 这笔账早早晚晚我要和他们清算。 现在没人听俺的。 俺的本事还欠火候，你要还活着多好，等俺翅膀硬了，本事大了，活儿干多了，俺也不会辜负了你的一番栽培。

　　山主啊，俺的姐，俺的亲姐。 说起二当家的，他可真不是个玩意儿。 打从俺开始伺候你，给你鞍前马后当跑腿，他就嫉恨俺，妒忌俺，处处给俺使绊子。 有件事俺不能不告诉你，你在天之灵也弄个明白。 姐，还记得那次你罚俺站雪地么？ 就因为俺在你打食回来时没有给你烧好洗澡水。 其实那天俺不敢怠慢，早就烧好了药汤子热水。 你说你近来浑身的红肿、瘙痒，看了郎中，说都是涂各种颜料惹的祸。 请老郎中开了药，要我熬在洗澡水里。 俺按照你的吩咐早早地就烧好了洗澡水，只是后来俺又全倒掉了。 你问俺为什么？ 俺今天告诉你，有人在你的洗澡水里放了毒。 我咋知道的？ 那天你说天一摸黑就回寨子里，可是天上星星都洒满天了，也不见你回来。 水热了，又凉了，凉了又热。 紧等慢等就是不见你的踪影。 俺就到寨子门前一遍一遍地去瞭望。 最后一次瞭望，俺还寻思着你不会出事了吧。 刚一想，就远远地听见你的马蹄声。 俺立马活蹦乱跳地去木桶里试试水还热不。 这一试不要紧，俺伸进去的手全起了燎泡。 这一试，把俺吓蒙了。 俺左寻思右琢磨，这回是俺买的药不对吗，还是别人下了毒？ 吓得俺赶紧把水倒了。 你回来，一看洗澡水没有拾掇好，又是臭骂，又是雪地里罚站。 俺不敢吱声，只是说俺困了，记错了时间，一整天光打盹了，忘了烧洗澡水的事，该打该罚任由你。 你叫俺站在雪地一整夜。 俺冻得浑身颤抖。 俺寻思，幸亏俺先试试水，要不然你慌里慌张去泡澡，还不知道会烧成啥样子。 俺就想，罚俺站雪地也值了，俺救了山主一次，在雪地里站一晚上算个啥，只要俺的山主没事，就是在雪地里冻死了也值。 俺一整夜地翻来倒去光寻思，俺是按你给的方子去花楾河孔效愚药铺抓的药啊，怎么会有错呢。 前几次也是这个方子，怎么一点事儿也没有呢。 俺长了个心眼，把剩下的药拿上，第二天夜里偷偷赶到花楾河，找到孔效愚，想问个明白。 孔效愚说你把熬过的药渣拿来看看。 俺照办，第二天又赶过去。 孔效愚看过熬过的药渣以后说小子，你的药被调包了，这份药里又加了别的成分。 俺不信，孔效愚就一片片一味味地分开来给俺看，说，你看这里面有枇杷叶、炙桑皮、当归、白花蛇舌草、银花、紫草、黄连、黄芩、生地、赤芍、白芷、丹皮、炒白术、苦参、白鲜皮，多了这几味，就换了方子啦。 这一换就出了大事，虽不至于置人于死，但也会把人烧出成片的燎泡。 俺就寻思，这是谁掉的包呢？ 是想害俺，还是想害山主？ 若是想害山主，再加大点药剂，人就没命啦。 只是毁人皮肤，不伤到人命，这不是嫁祸于俺么？ 俺寻思这寨子里肯定有内贼，肯定有人跟俺过不去。 俺明里暗里就想找到那个坑害俺的人。 可是，依俺的本事，找到石头缝里也没找出一点蹊跷。 现在，你死了，山寨散伙了。 那天山寨里喝完散伙酒，俺在二当家的屋子里发现盖有"孔效愚"印的包药纸，里面就有给你添加的那几味药。 俺去质问二当家的为什么要害俺。 二当家的嘿嘿冷笑了两声说，小子，你还嫩点。 记住了，有句老话，人不为己，天诛地灭。 是俺碗里的菜，谁也别想吃！ 俺上前要和二当家的拼命，幸好几个兄弟劝住，说，山主都死了，你现在活着也没受到伤害，算了算了。 可是，通过这件事，大伙儿认清了一个人。 本来大伙儿还不想马上各奔东西，一看这样就散伙了。

山主啊，俺的姐，俺的亲姐。 二当家的嫉恨俺也就嫉恨了，现在他也走了，和俺也没关系了。 俺现在是孤儿加光棍一条，一个人吃饱全家不饿，也不用牵挂着这个，想着那个啦。 姐，你也不用挂念俺年轻气盛好找事了。 这几年，让你调教拾掇的俺已经稳重了许多。 俺就照着你说的办哩。 可是熬到今天什么都没有了。

　　山主啊，俺的姐，俺的亲姐。 俺不能每天都来陪着你了。 你死了，山寨散伙了，二当家的也走了，大白猫也被狼叼走了，山寨里连根鸡毛也没了。 俺也要走了。 去哪？ 俺也不知道，走一步算一步吧，走到哪算哪。

　　听说天津卫那边还好混，俺想去那边闯闯。

第二十一章

春天，花棵河冰封解冻，河水涣涣，波光粼粼。许多只还没长全毛的小鸭子，从各户人家门里出来，陆续跑到河里试水去了。河里的小草鱼，刚醒过神来，游得正欢，小鸭子们扑扑棱棱，将嘴伸进水里好几次也休想噙住一条。河沿上、滩涂中、河汊沟，憋了一年的连翘也开始冒出嫩嫩的黄色花骨朵，准备着和春风一度竞相绽放。杨柳的枝条早已过了泛黄的节点，嫩芽咧开了小嘴，笑嘻嘻地随风俯仰。

"这不是王子梁吗，你这是干什么去？"

赵伊灵骑着一辆崭新的脚踏车沿着花棵河边上的小路往县城里赶。路上邂逅了正在圣城学校读书的王子梁。

这些年，王半仙没有泄气，只要孩子愿意，他发誓就是砸锅卖铁也要供孩子读书。大家都说王半仙是一根筋。"不管什么年月都得用读书人不是？梁山好汉一百零八将，也不都是草莽英雄，还有个智多星吴用呢。武人打江山，保江山还得靠读书人。"王半仙常常这样对人唠叨。

"谁能和你比啊，过去是柱子打工供你儿子读书，现在是你赚日本人的钱叫你儿子读书。"村上的人还在戳弄王半仙的脊梁骨。说急了，王半仙回应道："天地良心，俺可没干那些没良心的事。""王半仙，你还知道良心长在哪？"王半仙不再说话。

村上的人知道王半仙的心气很高，他是个想出人头地的外乡人。老效愚一听见王半仙唠叨，就讥笑王半仙。王半仙也不恼，也不辩驳，只是一笑了之，他有他的盘算，他有他的"小九九"。

儿子王子梁也十分争气，功课一直不错，没让王半仙操心，就考上了圣城学校国文科。王半仙觉得脸上颇有光彩，说出的话没有跌份，在花楪河暗暗又神气了一把。

"赵伊灵！是你？这么巧遇上了。你去哪？"王子梁说。

"我去你们学校啊，你呢？"赵伊灵说。

"今天是礼拜天，我回来拿干粮。"王子梁知道自己的家底，毕竟是穷人家的孩子，在学校里不能事事和那些富家子弟比，能节省的就节省。他把孔子、孟子的两段话抄在自己的笔记本上，一段是"饭疏食，饮水，曲肱而枕之，乐亦在其中矣。不义而富且贵，于我如浮云"，一段是"故天将降大任于是人也，必先苦其心志，劳其筋骨，饿其体肤，空乏其身，行拂乱其所为，所以动心忍性，曾益其所不能"，作为座右铭，他经常拿出来看看。别人家交上钱就可以吃白馍和烧菜。他不能。他必须礼拜天回家拿干粮、咸菜。常常一个人躲在角落里独自用餐。有几次，校长看见他躲在一边啃煎饼和咸菜，都啧啧称赞。校长说："一箪食，一瓢饮，在陋巷，人不堪其忧，回也不改其乐。贤哉，回也！"这不就是说的王子梁嘛。

"赵伊灵，你这是哪来的脚踏车？"

"我干爹刚给我买的，去县上便捷。"

"这么漂亮！"

"嗯。你也会骑吧？你回家路还远，我送你一段路吧。"

"不用，我习惯走路，来回一趟四十多里，正好锻炼锻炼身体。"

"那好吧。王子梁，我告诉你，我到你们学校排练文明戏去。"

"排练文明戏？"

"是啊，我还是主角儿呢。"

"主角？演什么呢？排练的事，俺怎么不知道？"

"你个书呆子，一心只读圣贤书，哪里知道窗外事！"

赵伊灵告诉他，前几天圣城东关出了一桩人命案，孔家的一位外戚寡妇要改嫁，被她的小叔子等族人活活打死。这事激起了圣城学校广大师生们的极大义愤，大伙儿纷纷站出来声援弱者。圣城学校学生会的进步学生们决定排演一出别具特色的独幕文明戏《子见南子》，给封建的"大本营"一点颜色看看。对此，广大师生们热烈拥护。学生会向校长及校董会汇报，有的同意，有的反对。最后还是校长定了弦，排演！

"这么大的事，俺怎么就没听说？"

"我说王子梁啊，你也太不过问时事了！整个学校都行动起来了，你也坐得住冷板凳，读得下去书？"

"我倒是听说东关大街寡妇被打死的事，没想到会在学校引起这么大波澜。"

赵伊灵告诉他，学校排演的事情早就定下来了。校学生会自发成立了"报春鸟剧社"，也找到了《子见南子》的本子。可是在遴选女主角南子的问题上卡了壳。以前在戏曲舞台上旦角都是男扮女装，没有女人上台演戏的先例，比如大家耳熟能详的梅兰芳大师就是男扮女装的佼佼者。

王子梁说："这个我知道，中国早期的文明戏舞台上也沿袭了这个惯例。当初一帮子留学日本的中国学生成立了春柳社，1907年第一次演出文明戏《茶花女》《黑奴吁天录》，里面的女主角就是男同学李叔同男扮女装粉墨登场的。"

赵伊灵说："我们排演《子见南子》一开始也是想着由一位男生扮演剧中的南子，可是在试演的过程中怎么看怎么别扭，怎么排演也难以入戏。 大家一时一筹莫展。 也不知道哪一位消息灵通的人士，知道我干爹早年参加过春柳社活动，于是就嚷嚷着要请干爹过来做顾问。 干爹不摆架子，一请就到，并且还很乐意做这个和自己一点关系也没有的剧社顾问。 干爹在看了初次排演后，也觉得南子这个角色由男生装扮十分夹生。 本来同学们就是自发排演，没有受过专业的训练。 要他们登场已属不易，还要男扮女装，实在是强人所难。 干爹说：'南子这个角色还非得女子来演不可，否则这部戏就砸了。看来我们要破一破男扮女装这个先例了。'同学们很兴奋，嚷嚷着要贴出海报在全校中遴选女主角。 海报发出去好几天了，可是没有一个人报名应演的。 大家很是灰心。 后来干爹说：'这样吧，我推荐我的干闺女赵伊灵来演！ 让她试试看。'"

"胡适之先生说，文明社会，男女平等，恋爱自由，婚姻自主。寡妇改嫁，天经地义，他孔家凭什么阻碍人家寡妇再嫁，还打死人！"

"你说的道理我也明白，只是……"

"只是什么？ 只是怕辜负了你书中的卿卿——颜如玉，怕毁坏了书中的黄粱梦——黄金屋吧？"

"只是我……我……"

"我知道，只是怕耽误你考西南联大吧，是吧？"

"嗯嗯……确实是……"王子梁的脸上有些发烫，双手搓着，有点不好意思。

"王子梁啊王子梁，我说你这个人就是太自私自利。 和你达一样，就光知道打自己的小算盘，算自己的小九九！"

"任你什么说，你们演你们的《子见南子》，我不反对，我还是读我的书！"

"王子梁，我告诉你，不行！我今天有了新主意，我要你加入我们报春鸟剧社。"

"要我加入报春鸟剧社？"

"对！在这个独幕剧中，有个子路的角色，我觉得由你来演挺合适的。一来你是本校的学生，二来模样又俊！"话没说完，伊灵就咯咯地笑了。

"不行不行。我不会演戏，我太笨，我只会读书。"

"这个角色非叫你来演不可！"

"为什么非得我……"

"为什么，就因为你是个青年，你是个生活在封建老巢里接受现代文明教育的青年。还因为你还是个男人，是个男人就应该有点血性。在这国破家亡外忧内患的时代里你别无选择！"一说到这，伊灵倒是有点大义凛然了。

"我不是你说的那种人。我是说我没有受过专业训练，怕演不好，演砸了！"

伊灵一听王子梁话里有松动，语气变得平和起来。

"谁受过专业训练？我们都是在尝试。胡适之先生说过，'自古成功在尝试'。别再支支吾吾了。答应我吧。你身材高大挺拔，五官分明俊朗，特别是你嗓音洪亮悦耳，有金属之音。子路这个角色非你莫属。"赵伊灵对王子梁说。

一个少女的赞美，一个鲜活靓丽少女的由衷赞美，而且是一个从小一起长大青梅竹马知根知底伙伴的发自肺腑的赞美，再加上鞭策、激将，任你是铁板一块，刀枪不入，也会被吸引、消融、催化。

"那我试试吧，演不好你可不要骂我啊。"王子梁答应了。

"没有试试，非你莫属，当仁不让！"赵伊灵语气坚定。

"伊灵，我还是担心，你看我能演好吗？"王子梁突然觉得和赵伊灵在一起有一种莫名的愉悦。这种愉悦是以前和其他女生在一起不曾有过的。他想让这种愉悦再飞一会儿，或者还能再加重、加浓一点。

"你绝对行！就算你帮妹子的忙！奴家陪你一起耍耍也！奴家这厢有礼了——"也不知道赵伊灵从哪儿学来老戏上那套招式，活灵活现地唱起来。王子梁忍俊不禁，被她逗得哈哈大笑。

"子曰：'巧言令色，鲜矣仁'，此之谓也。"王子梁露出了灿烂的微笑，洁白的牙齿在阳光下熠熠闪光。

"子曰：'君子成人之美，不成人之恶。小人反是。王子梁无乃君子乎？"

赵伊灵对答如流，哈哈大笑，两人拍手盟定。

"王子梁，如果《子见南子》演出成功，我还会答应你一件事。"

"好事？坏事？如果是好事，能不能让我先高兴高兴，看值不值得我全力以赴地去卖力。"

"我现在就不告诉你。到时候自然就知道了。"

赵伊灵从布包里拿出剧本，塞给王子梁。

"这是剧本，你先看着。记着了，你演的是子路那个角色。"赵伊灵一边说着，一边一抬腿就踏上了脚踏车，一溜烟跑了。阳光灿烂，浅灰色的裙裾在微风中飘荡起来。

"别忘了，明天先到报春鸟剧社试戏，先去对对词。"赵伊灵又下车，远远地叮嘱王子梁。

王子梁望着远去的赵伊灵，忘情地把布包抛向蓝天。

花棵河上空的天，湛蓝湛蓝的，没有一丝丝的杂质！

第二十二章

在赵伊灵的穿针引线下，王子梁顺利加入报春鸟剧社，在《子见南子》一剧中饰演子路一角。

一个周末的晚上。

圣城学校的学生演员们开始集合在大礼堂排练《子见南子》。

学校学生会邀请关敬轩作为顾问，来给大家做指导。开场白由学生会主席仇森林发话："关先生是个老文明戏台柱子，早年在日本留学期间就参加过李叔同先生组织的春柳社——那是中国现代戏剧舞台上第一个文明戏社团。年轻潇洒的关先生也曾和李叔同先生一起登场，演出过文明戏《黑奴吁天录》。今天我们请他做报春鸟剧社的顾问，真是莫大的荣幸。让关先生指导我们排演《子见南子》，真是再合适不过了。大家欢迎！"

满堂掌声。

关敬轩自然十分支持学生们排练《子见南子》。此时此刻，他突然有一种熟悉的陌生感，仿佛回到了春柳社那段峥嵘岁月。

关敬轩说："我的同道李叔同君，就是当下鼎鼎有名的弘一大师，曾经教诲我们，演好文明戏的关键要素，第一步是要读懂剧本原作，要了解剧作家的创作意图和时代背景，也就是我们古典文论中所说的'知人论世'，然后才是在剧情、人物、戏剧冲突、表演等方面的雕镂琢磨。下面我就先介绍一下《子见南子》的剧作家和这幕剧作的创作背景。"

关敬轩告诉大家，1928年10月30日，住在上海的作家林语堂根据《论语·雍也》篇中"子见南子，子路不说。孔子矢之曰：'予所否者，天厌之！天厌之！'"这么几句话，写了独幕话剧《子见南子》，发表在鲁迅和郁达夫先生主办的《奔流》杂志第1卷第6期上。这是目前我们所知道的林语堂先生写的唯一一个剧本。在剧中，"子"就是孔子，"南子"就是春秋时期卫灵公的夫人。"子见南子"就是孔子去见卫灵公夫人。剧中还有几个人物，如蘧伯玉、弥子瑕（卫国大臣）、子路（孔子的弟子）等都是围绕着"子见南子"这一故事来设计的。剧本这样写：孔子周游列国，到处推行他的政治主张和治国方略。某一天辗转来到卫国。孔子与蘧伯玉先到，子路和弥子瑕后来，孔子与弟子此次来到卫国，不外乎是想让卫灵公采纳他的治国方略。但到了卫国，接见他们的不是卫国君主卫灵公，而是实际操控卫国大权的一个后宫女人——南子。虽然孔子对南子早有耳闻，知道她是一个不守礼法、放荡不羁的女子，这次又听子路说她是卫国权力的实际掌控者，但他怎么也没有想到南子会亲自接见他，并和他做了长时间的交流沟通。更让孔子没有想到的是，南子还是一位精于歌舞的妙手。剧本的最后，更让孔子惊讶的是，南子还是一位非常有见解的女人，有许多的奇思妙想，非常人能及。在戏剧中，南子问孔子话的时候多，孔子主动说话的机会少，大多时间只是穷于应答，很少能有机会推送自己的政治主张。最终的戏剧效果是南子妙曼自如，而孔子则疲于应对，常有惊诧之态和支吾其词、拘谨难堪之状。

赵伊灵、王子梁，还有其他参演的学生们听得仔细，心领神会。

关敬轩具体举例，来启发学生们的演出。他讲起来滔滔不绝，听的人很是佩服。为了演好这个剧，关敬轩查了很多的资料。

关敬轩作最后总结性阐述。他说，长期以来，在人们的心目中孔子一直是一个博学、儒雅、守礼的圣人，然而在林语堂笔下他却有喜怒哀乐，也有七情六欲。这是一个大的突破，林语堂站在反对封建伦理道德、提倡个性解放与思想自由的角度，一改长期以来儒家正统派认为孔子是一个只讲礼义、伦理、道德的老学究、老古董，并且提出这样的观点：孔子首先是一个人，是一个活生生的人。他幽默、自然、讲究情理，有喜乐也有忧伤，有爱也有恨。在整个戏剧中，孔子失去了往日那种不食人间烟火的"圣人"气象，而是成为有血有肉之人。换言之，林语堂重点不在于揭示孔子那些系统而深入的思想及观念，而主要是从生活和人生层面切入孔子的内心世界及灵魂。一向庄严的孔子在林语堂笔下成为一个活泼任性、自然生动的人。当然，林语堂完全没有丑化孔子的意思，他只是将长期以来人们包裹在孔子身上的衣饰光圈揭去，还孔子一个真实，使孔子有了"人气"罢了。更有意思的是，在正统的文化中，卫乐一直被视为"靡靡之音"的代表，在这里，林语堂却赋予了一种新解，那就是：卫乐是充满生活气息，是具有自然生命力和美感的音乐，它像大地上所有的动植物一样散发着生命的勃勃生机。

学生会主席仇森林听完关敬轩的阐述，站起来说："先生，我听说，林先生的作品一经发表，立即引起学界的广泛关注，北平、南京等一些学校、团体纷纷排练、演出。观众在新舞台上更直观地看到了一个与以往迥然不同的孔子形象，人们既觉得这个作品可以冲破封建思想文化的罗网，又觉得它有趣好看。"

关敬轩说:"是这样的。你说得不错。我们中国有'诗无达诂'的说法。就是说,排演《子见南子》,我们也可以有我们的理解,还可以进行二度创作,进行再挖掘,再延伸,甚至再改造,再演绎,拿出我们圣城学校版的《子见南子》。我相信你们能做得更好!"

演员们情绪高涨,摩拳擦掌,准备大干一场。

报春鸟剧社的同学们正抓紧排练,大家通读剧本,理解角色,琢磨台词,设计动作。赵伊灵扮演南子,学生会主席仇森林扮演孔子,王子梁扮演子路。其他各等角色的人选也都一一安排妥当。

王子梁觉得在剧社里排练,比起早贪黑地读那些子曰诗云有趣多了。尤其是校外特聘"外援"赵伊灵的参加,年轻人聚在一起有说有笑,热闹非凡。王子梁的兴致很高,仿佛换了一个人似的,一改暮气沉沉的"小学究"做派。

随着彩排的深入,按照关敬轩的思路,王子梁觉得林语堂创作的原剧本只是一个为孔子正名的"翻案剧",或是叫作还孔子以真实面目的正剧,还不具备石破天惊振聋发聩的效果,并不能达到反封建、反礼教的目的。他主张对原剧本进行再创作,增加力度。老校长、关敬轩和学生会的同学们都很赞成王子梁的意见。

在剧本讨论会上,王子梁说:"如果仅仅还孔子以本来面目,还原他只是一个有血有肉、有七情六欲、有喜怒哀乐的普通人,我觉得我们演出这样一部独幕剧的意义不大,还达不到褪去孔子光环、了解最真实孔子之目的。我们应该在林本的基础上做进一步的挖掘、拓展、延伸,把它改造成一部幽默的喜剧。那样才具有撼天动地石破天惊的戏剧效果。"王子梁侃侃而谈,口若悬河,大家为他的真知灼见和大胆设计议论纷纷，有的为他点赞，有的还拿不定主意，还想再商榷推敲一番。

王子梁十分有把握地坚持己见，他要把他的想法和盘托出："当然，在这里我要声明，我这样设计、这样改造，并非意味着我反对孔子、辱没孔子、糟蹋孔子。相反我很推崇孔子、尊重孔子、喜欢孔子。问题是，两千多年前的那个原始的、本真的孔子到底是个什么样子，我们谁也无从知道，我们只能从历代的典籍的字缝里听到他的一声叹息或一丝笑声。这里有几个层次。一个是'本真'的孔子，原始的、活生生的、像普通人一样的孔子，也就是两千多年前活着的那个真实的孔子……"

排演大厅掌声雷动，王子梁赢得了大家的一致认可。

少女的心扉随着演讲者的嘴角张合。俊朗的面容，潇洒的身姿，极富磁性的嗓音，让赵伊灵听得仔细，听得明白，听得如醉如痴。她不敢抬头，害怕对视王子梁那双会放电的眼睛。一旁的小女生激动得把手都拍出了红印子，就差热泪盈眶了。以前真小看王子梁这小子了，没想到这个"小学究"这么有才，这么有想法，这么有脑子。赵伊灵暗暗为自己的力排众议选来这样一位有思想的"子路"而得意不已。

少女的纯净的心田里渐渐滋长出一株幼芽。

"王子梁，没想到你还真有两把刷子。"排练结束，等候在校园的一株白杨树下的赵伊灵对王子梁说。

"小菜一碟。"

"别骑着鼻子上脸！给你点阳光就灿烂，给你点露水就发芽。"

"所以我说，在这个世界上，没有白读的书，没有白起的五更！"

"你看见了吗，旁边的小女生都被你感动了！手都拍红了，那眼神都直啦。"

"哈哈哈。其实我也有我的私心，我想赢得的，能赢得的，唯有一颗少女的芳心。"

"她是谁？你赢得了吗？"

"我现在就不告诉你。等演出成功了，到时候自然就知道了。"王子梁学着赵伊灵的腔调，以其人之道还治其人之身。

"你真是个坏东西！不学好！"

赵伊灵的脸登时绯红起来，气鼓鼓地跑了。

第二十三章

剧本修改完毕，一致通过。由于本剧喜剧色彩和反封建的目的十分明确，报春鸟剧社的同学们干劲十足，昼夜不停，突击排练。

为了一炮打响，大家决定暑假前在招待学生家长的游艺会上首次公演。更为了扩大影响，学生们在学生会主席仇森林的带领下，将公开演出的消息广为宣传，海报贴遍圣城的大街小巷。海报的设计也非常醒目，博人眼球。"圣城亘古未有，民国公演仅见"。

一石激起千层浪，学生演出《子见南子》的消息不胫而走，人们奔走相告。在"圣地"演"圣人"，是闻所未闻，见所未见，亘古未有，极大地吊起了观众的胃口。圣城上上下下、里里外外、老老少少，都对这次演出充满了期待。为了增强演出效果，剧社的同学们还特意到孔府借了服装。

6月8日晚，正式演出开始。观众如潮，圣城学校偌大一个礼堂挤得水泄不通，在圣城可谓盛况空前。《子见南子》开场了。帷幕徐启，笙匏齐鸣，鼓乐声中，学生会主席仇森林扮演的孔丘登场。只见他身着玄衣黄裳，头戴"章甫之冠"，足踏夫子高履，宽颐高颧，粉面朱唇，威严神圣。台下的几位老朽看了，面带微笑，频频颔首称是，啧啧有声。只听孔丘唠唠叨叨，哼哼唧唧，唱了几段有音无字、谁也听不懂的曲子，然后高呼："由啊，快赶车！"呼声刚落，由王子梁扮演的子路雄赳赳地登上前台。只看他长缨高帽，短衫长剑，两目灼灼，似绿林好汉。师徒二人道白，为播扬"圣道"，谋求一官半职，来到卫国，准备通过"内线"南子，去拜见卫灵公。台下肃静，一点声响也没有，众人听得十分仔细，前排的几个老朽几欲昏睡，强睁着眼看下去，台上说的什么大抵也没有听得十分清晰。一会儿，环佩铿锵，由赵伊灵扮演的南子出场了。只见舞台上的南子，一双丹凤夹豆眼，两弯柳叶吊梢眉，身材苗条，体貌风骚，粉面含春威不露，丹唇未起笑先闻。在歌舞队的簇拥下，她款款而行，婀娜多姿。台下几位老朽有的蹙眉闭目，做无视不忍状；有的双目如炬，紧紧盯着台上口中念念有词；有的平静如水，表情木然。

台上，南子提出要成立"六艺"研究社，孔子也大加赞赏，但主张研究社应按"德、言、政、文"四个方面内容去做广泛的探究。南子听后，却执意不从，提出不同的意见，坚持要去掉"德行"一条，因它与人生是矛盾的……

看到这里，台下的老朽们再也坐不住了，纷纷怒斥。

"我抗议，我抗议！"

"罪孽啊罪孽，辱没圣人啊，亵渎祖先，罪该万死！"

"还有王法吗？还有王法吗？"

"我要控告你们，控告你们！"

在哄闹声中，老朽们悻悻退出了会场。

《子见南子》的演出，像一把利刃深深地刺在了人们心口上。

第二十四章

成功了！演出成功了！圣城学校的师生们沉浸在演出成功的喜悦中。

《子见南子》在圣城大礼堂演出后，仇森林和他的同学们意欲进一步扩大该剧的影响，又在圣城中心地带——鼓楼门外搭上台子，露天演出了几场。前来看演出的人，人挤人，肩靠肩，把大街占了个水泄不通。圣城人活了多少辈子，第一次大饱眼福，正经八百地看到了一个女娃子在戏台子上的扮相，看到他们从未观看过的精彩好剧，人传人，话传话，涌向县城的人越来越多。没办法，日本人和伪县政府只好联合发令，强行取缔演出。

有一个人没有亲历演出的过程，没有分享成功的喜悦，他就是关敬轩校长。

关校长神秘地失踪了。没有人知道他去了哪里。在《子见南子》演出告一段落后，回顾总结成功的经验时，人们才意识到，已经有好长一段时间没有见到顾问关校长了。

一天，赵伊灵和王子梁相约来到老城墙下。伊灵说："王子梁，真棒！我真没看走眼，由你演子路真是一个明智的选择。"

王子梁说："伊灵，你才是最棒的，你是主角，如果没有你这个当家花旦，这个剧就会逊色一大半！"

赵伊灵说："太好了，总算没有辜负关校长的一片厚爱。"

王子梁说:"你注意没,台下的那些老朽们一个个气急败坏,一个个气得吹胡子瞪眼。"

赵伊灵说:"是啊是啊,一开始我紧张死了,等我看到那些老朽们一个个难受得像热锅上蚂蚁一样,我反而来劲了,一点不紧张哩。"

王子梁说:"说的是。由你撑着,我也放开了,越演越自信了。"

赵伊灵说:"要是关校长在就好了,让他看看我们现在的年轻人的热情和冲劲,一点也不比他们当年差。"

王子梁说:"伊灵,我听单校长说,咱们圣城不让演了,等到暑假还要组织剧社到北平、南京、上海、广州去演!"

赵伊灵说:"是的,单校长说《子见南子》就是一颗炸弹,不仅要在本城炸响,还要在北平、南京、上海、广州这些大城市炸响。"

王子梁沉默了一会儿,遗憾地说:"我怕是不能跟着去演出了。"

"为什么?"赵伊灵问。

"全国高校的联考八月份就要开考了。"

"王子梁,你非要参加全国联考不可吗?"赵伊灵问。

王子梁说:"学校里已经贴出了公告,现在虽然是战时状态,但西南联大今年还是继续招生,我准备到重庆去应试。"

"那要是暑假里咱们剧社去外地演出,你就肯定不去了?"

"是的,演戏毕竟不是我所要的,性之所至,偶尔为之还可以。要我为了演戏放弃我的人生目标,那是丢车保卒了。我问过单校长,单校长也是这么说的。"

赵伊灵问:"哦。暑假里一旦去外地演出,那子路的角色由谁来演?"

王子梁说:"我已经把我想考学的情况报告给剧社社长仇森林,子路的新演员人选正在物色中。"

"哦，是这样。"

两个人陷入沉默。赵伊灵突然觉得心里空荡荡的，好像丢失了什么。

良久，赵伊灵说："说实话，我也不想让你去演戏了。毕竟你有你的追求，你有你的人生理想。你应该有更广阔的前程。哪像我，憋屈在花棵河，教几个小毛孩子，啥意思也没有。再长几岁，还不是嫁作人妻，生儿育女，锅台前转到锅台后，吃了睡，睡了吃，行尸走肉般，老死乡里。"

"别说得那么悲观。"

"人各有志，看来是强扭的瓜不甜啊。"伊灵自言自语道。

"什么？怎么叫强扭的瓜不甜？"王子梁追问。

"没什么。"过了一会儿，赵伊灵强打着精神说："王子梁，你还记得吗？我说过，等演出成功了，我答应你一件事！"

"我正等着呢，什么事？"

"你转过身子去。"

"好的。"

吧嗒一声，赵伊灵发烫的嘴唇印在了王子梁的脖颈上。

"这是给你的奖赏。"

还没等王子梁反应过来是怎么回事，赵伊灵柔软的身子紧紧地贴在王子梁的身体上，两条雪白的胳膊像蛇一样缠住了王子梁的后背。

王半仙消息灵通，又喜欢热闹，去县上看了一回《子见南子》。他站在后排，踮起脚尖朝台上一看，心想，这乱糟糟的，光说不唱，哪有俺们老家的豫剧梆子戏唱得有滋有味的，就想走开。他刚想拔腿，就听旁边两个看戏的人说："你瞅这个子路，扮相真英武。"另一个说："不孬。听说是花棵河村的学生，名叫王子梁。"另一个说："你咋知道的？""海报上不是写着的吗？你又不识字。当然不知道。""演得真不孬。""快看，好戏还在后头哩。"

"什么？我儿演的？"王半仙怔住了。他不敢相信自己的耳朵，拨开众人，跑到前排，睁大了眼睛朝台上看，从头到尾看了个仔细。认出来了，果然是儿子王子梁扮演了一个高大英武的角。王半仙心里五味杂陈，有好几次不自觉地叫出了王子梁的小名。无奈人多声噪，台上的王子梁根本听不见王半仙的喊声。

"忒好啦！忒好啦！"

"太棒了！太棒了！"

"真不孬！真不孬！"

收场了，台下有人一个劲地喊好。王半仙也激动地抹起了眼泪。

"儿子出息了？儿子出息了！没想到，真没想到，儿子还会演文明戏。好儿子，好儿子，给爹争脸了。"王半仙这个时候忽然有了另外一个想法，他老眼婆娑，絮絮叨叨，自言自语。

没有人了解此时这个外乡人的复杂心境，没有人理解他大半辈子的孤苦。虽然这是儿子一次小小的演出，这在一般人看来实在算不得什么，但在王半仙心里却非同寻常。它是一个肯定，一个结果，一个宣示。一个孤苦伶仃从河南逃荒到此地的外乡人，能在花棵河扎下根就不错了，还能在乡党们面前露一手，赢得乡党们的掌声，真是老天有眼啊，他获得了阶段性的满足。想我王半仙在花棵河也算后继有"梁"了，也能在尹大嫂子的酒馆里着实显摆一把了。

他一路小旋风似的跑回花棵河，径直扑到花棵河人的大客厅——"吕馆"。

"尹大嫂子——尹大嫂子——来二两烧酒，一碟五香花生米，一碟护心肉蒜泥拌黄瓜。听好嘞，花生米要新炸的，酥酥的，不要水煮的哎。"

"好嘞。王半仙呵，你可是有阵日子没光顾敝馆了。"应声的是吕掌柜。

"吕掌柜，尹大嫂呢？"

"里边还有两桌，忙着哩，一会儿我给你叫去！"

"吕掌柜，俺今天可是现钱！"

"看你说的，我吕掌柜什么时候怠慢过你。"

"要快呦，俺今天可不是喝磨叽酒，还有事哩。"

"我说半仙啊，看你今天那个得意劲儿，肯定是出门被馅饼砸了头！捡到银子啦，还是交了桃花运啦？"

"什么桃花运。我告诉你，吕掌柜，俺王半仙有比天上掉馅饼、交桃花运还高兴的事哩。"

"咋的？"

"咱儿子王子梁在县上演文明戏哩。文明戏你知道不？就在县上鼓楼门大街扎的戏台子上演的。台上的人花花绿绿的，一拨儿又一拨儿的，上上下下，叮叮咣咣，光说不唱。现在就时兴这个，人家城里人就喜欢这个。这就是文明戏。台下那个人多的呀，黑压压的，人挨人啊，挤得俺鞋子都掉了。咱儿子王子梁出场了，扮的是子路，孔圣人的学生，高大威武，身穿上朝短礼服，腰里别着把短剑……咱小子一照面，底下就呱唧呱唧拍起手刮子……"

"是么？你家小子还会演戏？"

"你不信，不信你就去看看啊，谁骗你？明天还有一场哩，还是咱儿子演。"

"王半仙你就别瞎显摆了，一个学生，不好好学习，演什么文明戏哦。"谁也没注意到，隔两个桌子，孔效愚今天也来喝两盅。

"是哩是哩。半仙大叔，你不是要孩子好好读书，将来要升官发财的嘛，当个戏子有什么出息呦。"店里的小伙计狗皮也搭腔。

"王半仙，当心你儿子被抓！"孔效愚又说。

"胡说！我儿子凭什么被抓？"

"我胡说？你还不知道哦。状子都告到县局子里去了，就因为你儿子他们演的这个辱没孔圣人的剧。"

"你净胡咧咧，俺儿子演文明戏那是学校同意的，也是学校安排的，犯了啥错？再说啦，演戏也不光俺儿子一个！"

王半仙虽说嘴上很硬，心里瞬间却开始敲起了小鼓。他一下子真的担心起儿子，万一有个闪失，这半辈子下的功夫不都白费了。

"王半仙，发什么呆，菜上来了，还不快吃？"

"不吃了！"

"你看看你这人，刚才还兴高采烈的，说得天花乱坠的，这会儿怎么就成霜打的茄子了？"

"凉了。"王半仙说。

"你要的本来就是护心肉蒜泥拌黄瓜，还做成热的不成？"

"味不正，馊了！"

"我说王半仙啊，你是纯心找碴儿不是？你心里不痛快，别拿我的菜说事。你尝都未尝一筷子，怎么就知道馊了？"

"就拿你这破菜说事呢，怎么着？俺今天还就是不吃了，怎么着？"说着伸手把桌子上的菜一扫，全撒在地上，气呼呼地夺门而去。

"王半仙，你还没交钱呢，你回来！赔我的碗碟。"

"没带银两！等着再说吧！"王半仙头也不回，一路而去。

"这个人啊，是吃错药了，还是犯癫痫病了？"吕掌柜骂骂咧咧，愤懑难平。

"这都是叫日本人给惯的！"旁桌的人煽风点火，顺着话说。

孔效愚在旁边冷眼看热闹，并不接馆子里人的话头："狗皮，把给王半仙做的那碟油炸花生米端过来，我做下酒菜，给吕掌柜省着点。""好嘞，叔。"店堂里的小伙计狗皮忙不迭地端上了一碟花生米，"叔，您慢用。"

吕掌柜凑过来对孔效愚说："还是老伙伴顾念我。你说这个王半仙这是犯的什么毛病，一会儿阴，一会儿阳的，一会儿热，一会儿冷。以前可不是这样啊。"

孔效愚还是不理会他，只是说："我吃的是王半仙的花生米，钱你还是给王半仙要去。"

吕掌柜赔笑道："话说到哪去了，都是街坊邻居的，送哥个菜也是应当的。"

孔效愚这会儿接话茬儿了："嗨嗨，我说吕掌柜，这个人情我可不领。我就是吃的王半仙的花生米，不领你的情。"

吕掌柜说："好好好。老兄尽管吃就是，账我记在王半仙的名下，谁让他阔了呢？"

孔效愚抿了一小口烧酒，又摸了一粒花生米放在嘴里，边嚼边念："阔个屁！一个算卦的外乡人，流浪犬，过不了几天，就有他疼的时候。"

孔效愚说半句留半句，语焉不详。多少年了，吕掌柜明白老效愚的脾气，他想说的，不用你问，他就立马吐露个没完。他不想说的，你休想从他牙缝里抠出一个字。因此，这事也不好往深里问。自然，他不知道会有啥事能让这个外乡人疼，只是嘘嘘地应着。

第二十五章

一场反击在高墙深院里酝酿着。

"亵渎祖宗，辱没先人啊。"

"斯文扫地，道统败坏，是可忍孰不可忍！"

"必须反击！必须上告！必须铲除！"

孔家人呼叫连天，气急败坏，纷纷谴责《子见南子》的演出，将矛头直指以校长为代表的圣城学校的师生们。

衍圣公不在，圣府主事的重任落在了孔繁朴头上。孔家人的激愤、恼怒，急得他像热锅上的蚂蚁一样，一时也想不出反击的高招。孔繁朴捋着个山羊胡一琢磨，这事还得靠日本人来撑腰。圣城学校历史悠久，声望巨大，校长又是德高望重的名宿，在教育界颇有口碑。要扳倒这么一座学校和它的校长，处理那些参与演出不知天高地厚的学生，没有日本人坐镇，恐怕办不成。孔繁朴把这层意思给他们一说，众人十分高兴，公推孔繁朴赶快出面请日本人做主。

五月初五端午节，孔繁朴设宴邀请日本驻军头头犬养二雄来圣府喝雄黄酒、吃粽子。帖子早早就下了，但到了五月初二也没见犬养二雄的回帖。这下急坏了孔繁朴，只好硬着头皮，跑到犬养二雄的居所来亲自邀请。

这个犬养二雄可不光是一介武夫。三十多岁，早年毕业于日本东京大学，战时从军，斯斯文文，举止有度，看上去十分有修养。

若是换下军装，就一个不折不扣的书生样。他早年学过中文，精通中国文化，对中国书画、诗词、戏剧、古玩十分钟爱，当然对儒家学说也颇感兴趣。平素里还曾请教过孔繁朴一些儒家经典方面的学术问题。因此，两位说不上相知相熟，但也绝对不陌生。孔繁朴的到来，犬养二雄自然也是十分客气的迎接。

"暌违暌违，犬养大佐！"

"您屈尊，见教见教！"

两人寒暄过后，相互之间说了一些无关宏旨的题外话，鉴赏品评了一番犬养二雄最近的书法习字。孔繁朴写得一笔柳体好字，圣城街上的店铺匾额多有他的题写，在圣城也是屈指可数的翰墨高手。犬养二雄为此甚为折服。闲话过后，孔繁朴一看时辰不早了，还未及说明来意，也就直奔主题，说："老夫这次不揣冒昧登门拜访，不为别事，是诚心邀请军佐践行圣府的端午之约。不知军佐能赏老夫个面子否？"

犬养二雄说："多谢惠邀。实不相瞒，您的请柬我早就收到了，到现在我还没拿定主意是否赴约。""想来军佐有后顾之忧？""没有。""那就是有难言之隐。""非也。""那就是看不起敌人，悖敌人的面子喽？""也不是。在日本，在中国，您知道我是从来不喝酒的。""不喝酒，那就光吃粽子，圣府的粽子别具风味。""在日本也吃粽子，只是中国的粽子太油腻，不像日本的清淡。""那就请尝尝圣府的粽子是不是也很油腻？""实不相瞒，我还真想尝尝圣府的粽子，只是……""只是什么？""您看看这个。"犬养二雄把一张报纸递过来，头版头条上赫然印着"奉祀官衍圣公孔德成在汉口发表抗日宣言，义正词严强烈谴责日军侵华"。孔繁朴光看题目就开始拿出手帕擦汗。

犬养二雄说："实在不是在下不赏光，只是在这种背景下，出入圣府有违天皇圣意，我能保证圣府不受叨扰已是不易。"孔繁朴说："军佐先生，敌人从不强人所难。这样吧，改日请军佐先生到敝会雅集赏帖,你看如何?""赏帖?""孔教会有些历代名帖,择日想请军佐一块清赏,权做文人雅集。"犬养二雄立马来了精神,"这个可以有,这个可以有!"

孔繁朴挖空心思要把犬养拉下水,一闻面有难色,立马灵机一动,改辕易辙,把圣府改到翰博院,把吃粽子改为清赏雅集,把玩一幅明末书法名家董香光临写的《董美人墓志铭》,在推推让让明拒实羡你情我愿心照不宣之中送给了犬养二雄,轻而易举就把他俘获拿下,后来事情的走向就完全按照孔繁朴的意思一路高歌,一顺百顺。

这些情况,赵伊灵、王子梁哪能知道。他们还沉浸在演出的成功和自鸣得意中,日夜盼望着关校长回到花棵河。

赵白眼没有那个闲情逸致去县上看文明戏,他的心思都用在了恢复祖业上,几年的努力没有白费,老天待他不薄,没几年,青砖红瓦的四合院房子又重新盖起来了,又新增加了三十亩良田,骡马牛羊一大群,鼎盛时期的家业至少恢复了一半,至少表面上看是这样的。村里村外的势利媒婆子看在眼里,痒在心中,踏破门槛上门来给他提亲,鼓动他续弦,赵白眼都一一回绝。栽下梧桐树,不怕没有凤凰栖,只要家里殷实,不怕她十八岁的大姑娘找不上门来。赵白眼不着急。他近来越来越强烈感觉到遗憾的是,在他的三太太死后没有照顾好小女儿,让她黑天昏地的疯长,野小子似的在外面瞎逛。放在关校长那里,他倒是放心,但也不是长久之计,他盘算着还是把孩子接回来,过个天伦之乐的日子,自己婚姻上的事以后再议。

谁知就在这个节骨眼上,那个疯妮子去演什么文明戏,惹了一街的闲言碎语。赵白眼早就听说赵伊灵去县上演戏的事。村里村外,花棵河集上的人说了许多添油加醋的话,都陆陆续续传到他的耳朵眼里,啧啧啧,那个丢人呦,疯疯癫癫,妖里妖气的,一个姑娘家,能不叫人家戳脊梁骨?一传十,十传百,将来谁还敢娶这么个疯妮子?在这花棵河,名声最是要紧!这更坚定了他要把赵伊灵领回家来的决心。

他去花棵河小学里去找赵伊灵，正好碰上赵伊灵和王子梁在一起。两个人咿咿呀呀还在疯疯癫癫地温习《子见南子》中的情节，只不过这回王子梁扮演的是孔子。不早不晚，正演到南子猛一转身，与孔子"两相接触"的那一幕。赵白眼一看，六神无主，七窍生烟，气不打一处来，浑身哆嗦着，大吼一声"混账东西"，拿起地上的扫帚就要打。赵伊灵一看是她父亲，倒也十分沉着，若无其事地说："爹爹你这是何苦来着，我们这是排戏！又没做什么非礼的事情！""啊呸，排戏排戏，快把你爹的脸排成猴子的腚了。你不嫌丢人，爹还嫌臊脸呢。我叫你排戏！排戏！"赵白眼一把扯下女儿身上的戏服、道具，跺上两只脚，踩了个稀巴烂。"你赶紧给我回家，你赶紧给我回去。"一边骂咧咧地去拉赵伊灵，一边指着王子梁鼻子骂："你个穷小子，我这就找你爹去！我这就找你爹算账去！你个癞蛤蟆还想吃天鹅肉，你个土鳖子还想成鸟中凤！我看你是白日做梦。"

赵伊灵不从，大声叫道："爹爹，这都不关他的事，是我找他演的戏，是我今天约他来排练的，一切都在我身上，要算账你就给你女儿算吧，不关王子梁的一丁点事！"

赵白眼气急败坏，说："你看看你，疯成了什么样子，你给你爹留点颜面好不好？你一个大姑娘家，成天疯疯癫癫，和那些不三不四的孩子厮混在一起，成何体统？放着好好的人家你不嫁，偏偏和这样的穷鬼胡闹腾！"

"爹爹，你不要太过分了。今儿就明说了吧，我就爱王子梁，我就是王子梁的人了，我这辈子就嫁王子梁这一个！"

"你……你……说些什么？你气死我吧。"赵白眼被噎得喘不过气来，"你别叫我爹，我没有你这样的女儿！"

"这可是你说的，我们父女从此一刀两断！"

"一刀两断！老天爷呀，我上辈子造了什么孽，生下这么一个货！老天爷呀……你睁睁眼吧，这日子没法叫人活了啊……"赵白眼跌跌撞撞地走出门外。

第二十六章

　　一天晚上，关校长行色匆匆地回到了花棵河国民小学。但见他面容憔悴，消瘦，一身尘土，精神大不如前。

　　他带回来几张报纸。这几天，圣城学校演出《子见南子》的事成了全国大大小小媒体关注的焦点，大报小刊，纷纷报道。各色人等，各种意见纷至沓来，报刊上登满了各种评论。激赏的有之，力挺的有之，出谋划策的有之，但也不乏尖锐批评的声音。

　　关校长对伊灵说："报春鸟剧社这一声叫得好啊，叫得响。现在全国的报刊都在关注这件事，一些进步的作家们也都站在师生们这一边。"

　　关校长说："'万家墨面没蒿莱，敢有歌吟动地哀。心事浩茫连广宇，于无声处听惊雷'，鲁迅先生的诗句正好道出了报春鸟剧社的呐喊和威力。这声惊雷即便是昙花一现，它的使命也已经完成，它的价值已经显现。"

　　王子梁点头称是。

　　赵伊灵哪顾得上看报纸上面的文字内容，哪顾得上听关校长的言语，她更关心的是各种报刊上刊登的她的剧照。

　　"王子梁，你看看这一张丑死了，这是哪家的记者这么没素质，把俺照得这么丑。哎，干爹爹，你看这一张还可以哎，还是《新新日报》上的记者水平高。这个我得收藏了。"赵伊灵沉浸在对报刊上剧照的品评上。她把入眼的剧照一一剪下，宝贝似的收藏起来。

关校长说："是该收藏好了，恐怕以后再没有这样的机会了。"

王子梁问："为什么？"

关校长说："你们可知道，至圣府紧紧抓住这件事不放，说是已经告到日伪县政府了。我听说，日伪省政府最高法院已经责成圣城法院要开庭审理此案。"关校长从书包里拿出一份告示，递给王子梁看。

"更糟的是，上面已经下令，圣城学校的校长已经被除名，听候处置。听说接下来还要开除一部分参与此事的学生。子梁，你要有个心理准备。"

"啊？有这事？"王子梁的心即刻揪得很紧。

"干爹爹，不会影响王子梁报考西南联大吧。"

"不好说。事已至此，他们什么事都能做出来！"

"啊？"赵伊灵吃惊地瞪大了眼睛，放下手里的报纸，怔怔地看着王子梁。

"你们要做最坏的打算！"关校长对他俩说："眼下最要紧的是如何应付即将开始的开庭审理！日伪县法院已经贴出公告。"

"那可怎么办？我也要上法庭吗？干爹爹，我害怕。"赵伊灵陷入了绝望。

"我的孩子，别怕。兵来将挡，水来土掩。现在我们要想想应对的法子。"关校长说。

没过几天，日伪圣城法院果然开庭审理《子见南子》演出案。原告上来的是孔繁泰、孔传堉、孔继伦等一些六七十岁的孔家白胡子老头，台下坐着的是六七个小孩子和众多看热闹旁听的人。

庭审开始。

"传被告圣城学校学生会主席，《子见南子》的主角之一、孔子的扮演者仇森林到庭。"法官传唤。

"来吧。"台下一个男孩应道。

"你是谁,小孩子别在这里捣乱!"庭上法官呵斥道。

"仇森林今天拉肚子,来不了。法官大人,这是他给俺的授权状。"台上的几个法官面面相觑,说:"呈上来!"

"传被告圣城学校三年级学生,《子见南子》的配角、子路的扮演者王子梁到庭。"法官再次传唤。

"俺也到啦。"又是一个小孩答道:"报告法官大人,今天是王子梁他娘的死忌,他去给他娘上坟去了,他也来不了啦。他委托俺来出庭,这是他的委托状。"

"哈哈哈哈——"在下面听的人们哄然大笑。

"肃静!肃静!"

"现在开庭!"坐在法庭中央的一位法官嘭地敲了一下法槌。

"法官大人,我有话要说。"旁听席上一位有些邋遢的中年妇女站了起来。

"这位妇人,你有何话要说?"审判长问道。

"我听说,参加演戏的一位女主角,是演南子的,为什么她没被起诉?"

"法庭回答这位旁听妇人的质疑。参加《子见南子》演出的是有一位女主角。经本庭查明,饰演南子的这位演员不是圣城学校的学生,而是校外一位无业游民,不良村女。受人蛊惑,参与演出,实属幼稚。秉本案肃正学风、清除害群之马之目的,非校内学生不予起诉,故此。这位妇人,你听清了吗?"

"听清了。我还有一个问题,被告来的都是一些小孩子,能承担法律责任吗?"

"这个……只要有授权委任,就可以开庭!"

"知道了。"妇人满意地坐下。

原来这些被告都是圣城学校附属小学的学生,经过师生们的精心安排，冒名顶替来应对官司的。法官提喊的是圣城学校学生会主席仇森林、学生王子梁，上堂来的却是十多岁的小学生。上得堂来，一问三不知。接连提问几个，都是如此。当问到两个稍大些的孩子时，两个小家伙反而振振有词地和孔繁泰等人在法庭上辩论起来。

孔繁泰说："你们演剧侮辱圣人，该当何罪？"

小学生们说："请问编写剧本的有罪吗？我们是照着葫芦画瓢，有什么罪？如果编剧本的没罪，为什么演剧的就有罪？"

孔传堉说："剧本你们改了，有意侮辱孔圣先人。"

孩子们说："大人不能穿孩子的裤子。裤子合适不合适，只有穿的人知道。你能穿你孙子的裤子吗？"

台下一片哄笑。

法官敲锤制止："剧本改编纯属专业的学术问题，请勿涉案外枝节。肃静！"

孔繁泰急了，站起来说："你们祭孔时为什么不穿祭祀服？"

小学生们反问："教育部叫我们穿中山服，你们叫我们穿祭祀服，我们是听从国家的，还是听从你们的？"

人虽小，但伶牙俐齿，针锋相对。孔繁泰等人张口结舌，无言以对，狼狈不堪。

法官示意，跑题了。

休庭过后，法官作出裁决。法官也觉得这案子令人哭笑不得，几个小孩子大闹法庭也让他们无可奈何，但还得一锤定音："本庭合议裁定：圣城学校上演《子见南子》一剧，实属学术之事宜，不涉刑事，无关民讼，亦无经济之纠纷。学生当以求知为上，兼学别样，本属无可厚非，但鉴于剧涉圣贤，题材敏感，影响颇大，是非曲直，着由原校上呈教育部门处置。一应诉讼之费用均由原告承担。闭庭！"

走下庭台，几个老朽死不甘心，还要理论。法官苦笑道："你们这些六七十岁的老头子告一些刚换牙的娃娃，不怕人家笑掉门牙？找遍全国，实属罕见。真是滑天下之大稽！"

　　输了官司又丢丑，几个老朽气得两眼昏花。孔繁泰咿咿呀呀，一口痰没上来，当场昏厥过去，众人用躺椅将他抬回了家。

　　一年后，孔繁泰在至圣庙奎文阁讲经。当提到这场羞辱官司时，忧愤交加，痰涌心窍，一口气没上来，当场毙命。

　　出了法庭，那位邋遢的妇人领着几个被告的孩子，一路向北，走到一条隐蔽的小胡同。瞬间，邋遢的妇人像变戏法似的除掉身上的伪饰，还原成一个鲜活的女儿身。小学生们惊呼："伊灵姐姐，伊灵姐姐！是你！""孩子们，你们今天太棒了，姐姐奖励你们。走，买糖去！"

　　赵伊灵完成了一次美丽的历险，喜不自胜，和几个孩子又蹦又跳地买糖去了。

第二十七章

越是怕下雨，偏偏逢阴天。王半仙担心的事还是发生了。报春鸟剧社解散，王子梁被学校开除。别说报考全国高校联考了，就连圣城学校的毕业证也没拿到。

"我听说，圣城学校的校长也被革职了。二十几个学生扛着铺盖卷儿滚蛋回家了。可惜啊，我的小祖宗们，你看这事闹的。"在花棵河站下小酒馆里，几个喝茶的人闲着无聊，拿嚼舌头当饭吃，说起近来城里的新鲜事。

"可惜啊可惜，死了孩子送粥米，白搭糖了。"短脖子张三胖说。

"可惜个啥，一帮子无法无天的熊孩子，不好好读书，演什么文明戏，真是蚂蚁摇槐树，蛤蟆拉牛车，不自量力！"老效愚揉搓着细细的手指在做手部保健，耽误不了他发狠说话。

"呵呵，咱花棵河这回可是出了大名了，出了个'子路'不说，又出了个'南子'。"卖肉的老胡搭腔。

"这回王半仙可知道疼了，看前几天他那个神气的熊样！还掀翻俺吕馆的桌子！这下不能了？"说话的是吕掌柜。

"这回，半仙的小九九可没算准哦，哈哈哈——"短脖子张三胖幸灾乐祸。

"咱儿子扮的子路，高高大大，威威武武，身穿上朝短礼服，腰里别着把短剑……咱小子一照面，底下就呱唧呱唧拍起手刮子……"

店里伙计狗皮学着王半仙的腔调比画着,学得惟妙惟肖。

"哈哈哈——"

"哈哈哈——"

"知道么? 台下的'子路'又扑到'南子'身上去了。"

"此话怎讲?"

"王半仙家的二小子和赵白眼家的妮子好上了。"

"好上了?"

"亲嘴了,赵白眼亲眼碰见的。 两个人演戏,演到亲嘴上了。"

"光亲嘴吗? 你不是说……"听话的意犹未尽,众人支起耳朵谛听。

"俺怎么知道,你问赵白眼去。"问者很失望,吃茶的人听着也很败兴。

"俺听说,为这事,赵白眼和那疯妮子断绝父女关系哩。"

"你听赵白眼瞎捯饬! 打断骨头连着筋,那小妮子血管子里没流赵白眼的血? 俺才不信哩!"

"你还别说,这回可不一定哩。 赵白眼这回八成是王八吃秤砣铁了心了。 碰见两个人亲嘴,赵白眼恼羞成怒,回头跟王半仙干了一仗,骂他儿子勾引了自己的闺女。 你猜王半仙怎么说,母狗不掉腚,伢狗怎能爬?"

"哈哈哈——母狗不掉腚,伢狗怎能爬!"

"哈哈哈——王半仙啊王半仙,亏你说得出口!"

"这回赵白眼真的下了狠心了,四彩盒都送到站前媒婆子那里去了。"

"看来是真的伤透疯妮子的心了。"

正说着,酒馆里进来一个人。 一开始大家都没认出来。 一听腔调才知道是日本人的翻译郑晓华。 进门来的郑晓华神情沮丧,衣衫不整,灰头土脸,全无往日的风光。 众人知道他是汉奸,谁都不愿搭理他，唯恐避之不及。

"几位爷们，别走呀，我今天请几位爷们喝酒。"郑晓华谦卑地招呼着，但大伙没有一个应声的。有几个爷们推托有事，拍拍腚走了。

"这是太阳从西边出来了么，郑翻译官，你这可是大姑娘坐轿——头一回啊，你得了什么喜啦，捡到金子啦？干吗要请俺们几个老汉喝酒？"孔效愚年岁最大，资历最老，料郑晓华离开日本人，也没有那么神奇了，就打趣他。

"几位爷，承蒙这几年多多照顾，我郑晓华还能混口饭吃。大侄子年少无知，少不更事，以前多有得罪，敬乞原宥，敬乞原宥！"郑晓华拱手，"吕掌柜，多上几个菜，今天我请客，我请客，请爷们喝几盅。"

说话间，桌子上摆上了酒菜。这是日头要从西边出来了吗？孔效愚几个人看不准其中的蹊跷，不明白郑晓华葫芦里卖的什么药，不好咧开嘴就吃，张开口就喝，但又舍不得一桌子免费的酒肉。肚子里的馋虫一旦张开了饕餮的大嘴，闭上也难。

进退两难间，只听孔效愚开口道："郑晓华啊郑晓华，按咱这乡下的规矩，俺们几个老兄弟和你老舅丁大头是一辈的，你也该叫我们个叔或大爷什么的。今天既然你想请俺们几个爷们吃个酒菜，按理说俺们几个老兄弟也能吃得着。可话说回来了，大侄子，咱几个爷们明人不做暗事，从不吃那无名酒。今天你得说通透了，这酒为的么吃？也好让爷们几个吃得舒坦，吃得踏实。"

郑晓华闷哧了半天，喃喃地说："皇军，不不，日本人要走了，日本人投降了。"郑晓华说得有气无力，声音极小。

"日本人完蛋啦？日本鬼子要滚蛋啦？"众人愕然，怔怔地好长时间反应不过来，还以为听到的是梦话。

"这酒该喝，这酒该喝！喝！"

"喝！"孔效愚举起了酒杯，众人喝了起来。

喝到半晌，郑晓华似醉非醉，说："几位爷们救我，我郑晓华的小命都攥在你们几位爷的手里了。这日本人要走了，国民政府肯定饶不了我这个翻译。几位爷们为我作证，这几年没有为难你们吧。这几年我可没做什么坏事。不就是混口饭吃，谁家不得吃饭，谁家不是混日子。到时候几位爷们可得为我作证啊！"

"喝，喝。先喝了再说。作证？嗝……嗝……作证！谁……不是混口……饭吃，俺们……今天不也是……混个饭吃……"几个男人已经有了醉意。

孔效愚酒量大，听出了门道，这郑晓华真是玩起了醉翁之意不在酒的把戏，于是开口道："大侄子，我听出来了，你请的这酒，值！俺还以为你是为了庆祝日本人滚蛋请爷们几个喝个开心酒，碍不着你是用这桌子酒菜堵爷们几个的嘴，叫俺们几位爷们为你开脱罪过不是？"几个爷们看着孔效愚，一时无语。"孔大爷，话别说得这么直白好不？大侄子孝敬您是应该的。"郑晓华一脸的尴尬。

"堵俺们的嘴也容易，你说说这些年，你干过哪些瞎包事？"

"爷们几个，大侄子这几年虽然没有什么大功劳，但也没作恶多端。要说这好事么……咱给尹大嫂通过风，报过信儿，不信你问问尹大嫂。是吧，尹大嫂？'小桃红'何赛儿抢东西、扒火车哪次不是咱报的信？"

尹大嫂子看出郑晓华今天的落魄，脱口就道："你要的回扣还少么？白吃白喝不说，还强拿强要店里的稀罕物件，你还有脸说？"尹大嫂子感到从来没有的快意，今天也能扬眉吐气骂他两句，爽！

"这个不算的话……还有……我也是抗日的好汉！"

"你是狗汉奸，还抗日好汉？你抗谁的日？"尹大嫂子斥道。

"你是日本人的狗！"

"你是日本人的驴！"

"你是汉奸,你是猪狗不如的畜生!"

大家都醉了,说话没了把门的,口无遮拦,什么话也能说出口。有几个汉子喝红了眼,想起亲人被日本人杀的杀,死的死,逼得跑的跑,残的残,悲从心来,怒从拳出,照着郑晓华的脸就是几拳。

郑晓华被打得两眼冒火,满面通红。他突然端起满满的一大杯辣酒,一扬脖子,咕咚一口喝了下去。

"爷们几个,俺也是人,也得活着,是条狗也得顺着主子心意摇尾乞怜不是!"郑晓华大叫着,一边叙说,一边竟呜呜滔滔哭了起来。

突然,窗外响起了噼里啪啦的炮仗声,先是只有一个地方一家放,后来连成一片,空气中瞬间弥漫了浓浓的硫黄、硝石的气味。

"这不过年不过节的,谁家放鞭炮呢?"孔效愚嘟囔了一声。大家突然醒悟,抗战胜利了。日本人完蛋了。日本鬼子滚出花棵河了!

嗷嗷——

"扒日本人的火车去!"

"抢日本人的军营去!"

大伙夺门而出,加入了欢庆的队伍。

第二十八章

鞭炮声只是别人的欢乐，王子梁和赵伊灵两个年轻人虽然也和大家一起融入了欢庆的海洋。但欢庆过后，面对现实，他们又陷入惶恐的无助境地，他们在花棵河岸边的连翘丛中正遭受着生离死别的痛苦。

王子梁被学校开除只是厄运的开始，接下来的事情越闹越大。圣城学校和参演《子见南子》的学生们又被告到民国政府高等法院，仇森林、王子梁等人的名字赫然在列，在劫难逃。一次次抓捕，一次次逃跑。一次次突袭，一次次周旋，一次次的虎口脱险，一次次踩着薄冰过河。王子梁东躲西藏，昼伏夜行，像见不得人的小地鼠，胆战心惊，朝不保夕。王半仙来不及詈骂、抱怨和悔恨，几次三番催促着让儿子王子梁快快逃离花棵河。

王子梁忧心忡忡。设计好的前程瞬间断送，学业半途而废，父亲背负的压力，邻里的议论，逃命的仓皇和恋人的牵肠挂肚令他感到从未有过的心乱如麻。

花棵河的天异常地阴沉，没有一颗星星，没有一丝丝儿的风，连河里的青蛙也叫得有气无力。满树的知了猴哭丧似的哀号，和河里青蛙的惨叫声组成恼人的交响乐，让人心烦意乱。赵伊灵眼睛红肿，像两枚胭红的桃子含着一汪汪水。一种天塌地陷、墙倒屋塌的感觉弥漫在她的心头。王子梁这一走不知何时才能相见，美好的情感像天上的彩虹，一度绚丽闪耀，但瞬间又变得虚无缥缈，无踪无影，想拼命抓住但最终落得一无所有。这一别，也许是永诀，再也见不到那个白净威武的恋人。

离别的空气稠黏而窒息，迷离而伤感。

"梁，你非要走不可么？不走不行么？"

"非走不可，我不能束手就擒，坐以待毙。宁可渴死、饿死、困死在逃亡的路上，也不能叫歹毒的蛇蝎们抓住我，招致奇耻大辱。"

"什么死呀活呀的，我不要你说那么不吉利的言语。啊啊，我的梁，今夜别后，不知何时才能相见。没有你的日子里，我将如何度过没有星月的夜晚？你要逃亡到哪里去？"

"我心彷徨，我意惆怅。我也不知道逃往何方。关校长只是说，明天一早在花棵河青龙桥东有一个戴草帽的中年人来接我走。听说一直向东走，走到蒙山沂水间，那里是共产党领导的解放区。"

"梁，你能带我一起走吗？我要跟你一起走，生生死死不分离。你到哪我到哪。"

"我怎么能让你和我一起去流浪，我怎么能领着心爱的人去流亡。逃亡的路上没有阳光雨露、花红柳绿，你也受不了那份苦，我也不忍心你去受那份苦。"

"说什么流浪？说什么流亡？你怕我是累赘，还是怕我再次连累你？"

"累赘肯定有，但是我不怕。说什么连累，生死同穴，哪分你我。流亡的路上风餐露宿，凶多吉少，你不应该遭受那份罪。我一个人是死是活，全凭老天做主张。"

"你忘了你说的话，在天愿作比翼鸟，在地愿为连理枝？为什么事到临头各自飞？"

"啊不，比翼鸟好飞，须是晴天丽日自在飞。连理枝难为，怕是有歹毒的刽子手剪去一枝，剩下一枝独伤悲。"

"啊啊，要下雨了吗？ 天这样的阴沉，这样的闷热，一点风也没有。 亲爱的梁，你怨恨我吗？ 如果不是我邀你演子路，也就不会有学校开除你的事。 没有开除你的事，也许你现在已经拿到西南联大的录取通知书，过不了两个月你就顺顺当当地坐在了课堂。 是我连累了你，是我的任性和自作主张害了你，是我葬送了你的理想。 啊啊，梁，你怨恨我吧，恨我的幼稚，恨我的任性，恨我的自以为是，恨我的蛊惑和鲁莽。"

"亲爱的，说的什么话。 演戏不演戏是我的选择，跟你没关系。你何必自责，又何必自悔，何必有那么重的石头压在心里。 如果我不愿意，你就是十头牛拉我、拽我，我也不会去。 我的选择我做主，我选择了因，必吞今天的果。 人的命运抉择，自己造就，外人只是一个偶然的原因。 我不恨你，我做的事我来当。 要恨就恨这个黑白颠倒的世界，要恨就恨这个封建、落后、封闭的圣城！"

"啊啊，梁，要下雨了，云层这样的厚，阴霾这样的低，翻滚腾挪像花棵河暴涨的水。 头上的闪电像吃人的野兽张开贪婪的嘴巴，露出犀利的牙齿。 山呼海啸的狂风让我胆战，轰轰隆隆的霹雳让我惧怕。 梁，靠近我一点，搂紧我，慰藉我破碎的心。 啊，梁，你的衣襟怎么湿了？ 你怎么哭了？"

"我娘死的时候我没有哭，我哥离家出走的时候我没有哭，在私塾里老学究用戒尺打我手掌我没有哭，老爹看我不争气参加演出惹是生非毁了前程骂我、打我，我没有哭，今天我这是怎么了，泪水一个劲地往下流。 我后悔了吗？ 我胆怯了吗？ 我不是个男人吗？ 我没有退路了吗？ 我为什么哭？ 泪水为谁流？ 我心里难受啊，我的心在流血。 我深深地爱着你，却不能和你在一起！ 人阻天涯，劳燕分飞，谁知道何年何月你我才能相见。"

"亲亲，梁，别说了。 我的心一样的如刀割剪绞。 我活到现在才明白什么是爱，什么是心心相印生死相依，什么是离愁别恨情天恨海。我问我自己，究竟爱谁。我心底只有一个声音，就只爱你一个人。我的娘死得惨，我的爹爹从来没有考虑过女儿的内心需要和前程。你的哥哥，王子柱，令我悲喜两重天，又爱又恨的主儿。儿时我把他当作依赖的英雄，现在我把他视为善恶不分的恶魔。南辕北辙的路使我们变得异常陌生，我想都不想再见到他的模样，最好天各一方各活各的安宁。我的干爹爱我、护我，哄着我，我也只是把他当长辈，当作先生敬仰。而且我越来越觉得干爹爹很神秘，时不时地在花棵河消失，又时不时地在花棵河出现。我有一种说不出的感觉，我觉得关校长一定在干一件惊天动地的大事。到底是什么，我也说不出。梁，有人说，他是共产党。共产党是什么样的？你见过吗？你说，关校长会不会早晚有一天也会被赶出花棵河，会不会也被杀死？我好害怕。真的我怕今天失去了你，明天又失去了干爹爹关校长。如果是那样，我活着还有什么意义？老天啊，为什么我遇到的好人，都不能和我常相聚，永厮守？这究竟是为什么？"

"一切皆有可能。关校长是不是共产党我也不知道。共产党是不是像关校长一样，我也迷茫。我现在能做的就是逃命，就像迷途的羔羊一样。"

"梁，我真的好怕，我怕有一天关校长也像你一样消失于花棵河，我怕我爱的人和爱我的人一个个都离我而去。这世界为什么这么残酷，有爱不能在一起，有爱必得生死别离，天各一方？"

"伊灵，我何尝不怕。生在这乱世，一切都没了既定的轨迹。昨天还好好的是一叶扁舟，朝着既定的方向开进。明天我就成了亡命徒，远走天涯，朝不保夕，生死难料。"

"下雨了，雨点这么大，搂紧我，亲亲我，梁，我好怕。"

"伊灵，莫怕，有我心在，有我情在，不管走到天涯海角，我心里只有你一个，我的脉搏只为你跳，我的生命只为你活着。"

"梁，我的心在流血，我的泪已哭干！我……我……我还能为心爱的人做点什么。 让我们融为一体吧，永不分离！ 让雷电风雨做个见证，让花棵河呜咽的流水做个见证。 梁啊，梁，你身子怎么哆嗦得这么厉害！"

"伊灵，我很感激你！ 你这样爱我，这样相信我！ 还有什么比融为一体更深刻的缔结。 可是别犯傻！ 我们要好好地活着，坚信还会有见面的时候，你要有相见的信心和永恒的期待。 我们不能把生离当作死别，不能把隆隆的雷声当作诀别的笙箫！"

"梁，我是自愿的。 把我的一切交给你，不管走到哪一步，我都没有遗憾了。"

"说什么胡话。 我们一定要等到再见面的那一天。 我们应该在众目睽睽之下举办一个体体面面的婚礼，让花棵河见证这世上还有伟大的爱情。"

"我已死而无憾……"

第二十九章

　　花棵河解放了。花棵河的水解冻了。花棵河的连翘今年开得比以前任何一年都早。鸭子开始下河试水了。只有鱼儿们好像还在沉睡着，还没有蹿出水面呼吸一下早春气息的意思。

　　柱子是哪一天回到花棵河的，好像没有人注意到。他出现在花棵河的街道上，就像天上的小鸟随意排出的一丝丝粪便，行走在街上的人几乎没有人感觉得到。只是这粪便不偏不倚落在了尹春居的吕掌柜的头上。"啧啧啧，天上掉事，地上来人。这不是王半仙的儿子王子柱吗？"吕掌柜吃惊地一眼就认出了王子柱。店里的小伙计狗皮闻讯走出门店，看见儿时的伙伴归来，上前捶了柱子一拳。

　　狗皮说："柱子哥，你回来了？"

　　柱子说："回来了。"

　　狗皮说："这些年，你都钻到哪里去了？"

　　柱子说："一句话两句话说不清。快给我倒碗水喝，渴死我了。"

　　狗皮说："柱子哥，这回回来你不会再走了吧？"

　　柱子说："不走了。怎么？你还盼着俺走？还是花棵河的水解渴，还是花棵河的土养人。"

　　狗皮说："哥，我不是这个意思。我是说解放了，咱穷人熬出头了。车站上下来的解放军都说，这天地是咱们穷苦老百姓的天地了。"

柱子说:"是咱们的天下了,老树也能发新芽,瘪古种子也要抽禾苗。 是咱的天下,咱就要在家里老老实实干点事了。"

狗皮说:"柱子哥有见识。 是不是咱当家,咱就说了算?"

柱子说:"咱的天下,咱就说了算。"

"嘻嘻。"

"哈哈。"

狗皮说:"三十年河东三十年河西。 皇帝轮流转,今年到咱家,也该轮到咱爷们吃香的喝辣的了。"

柱子问:"在花棵河谁家的地最多?"

狗皮说:"财主赵白眼家。"

柱子问:"谁家的房最好?"

狗皮说:"还是财主赵白眼家。 日本人烧了他家的房,没出三年就又盖上了。"

柱子问:"除了赵白眼,那第二呢,就说有房又有地,有头又有脸。"

狗皮说:"吕掌柜家。"

柱子说:"分地分房子就照着这两家子开刀。"

狗皮问:"哥,你在外面见多识广,听说没听说也有分媳妇的?"

柱子说:"我在天津卫干事时,听说过,没见过。"

狗皮说:"你说要是能分个媳妇就好了……"

"嘻嘻。"

"哈哈。"

圣城县派下了土改工作组进驻花棵河村。 鞭炮声中,工作组在祈雨殿破庙里成立了花棵河村贫下中农协会。 上级派来的工作组组长方向红亲自将白底红字、扎着红花的大牌子挂在殿门的一边。 大家推选柱子做贫协主席。

柱子说，俺没文化，泥腿子一个，干不了。俺就想赶快分地主家的地，分地主家的房子，再娶个女人，踏踏实实过日子。乡亲们说，你不干谁干？这贫协主席只有你干合适，你一个孤儿出身，上无一片瓦，下无一寸地，赤条条一个人，无牵无挂，再贫还能贫到哪里去，再贫连裤子都没有了，这贫协主席非你干不可。

狗皮开了腔，说："柱子哥这几年走南闯北，见识多，路数广，俺选他，他最合适，大家说是不是？"众人响应。柱子推辞不过，挠挠头皮，就认了。

柱子问："这贫协主席是个啥官啊？"方向红说："就是让你领着大伙儿忆苦思甜，斗地主，分地主家的房子和地。"狗皮说："分女人不？"方向红说："新社会了，实行一夫一妻制。恋爱自由，婚姻自主。过去媒妁之言，父母之命，包办婚姻的，童养媳，娃娃亲，指腹为婚的，感情不和过不下去的，愿意离婚的，政府都支持。寡妇再嫁的，随自己的心意，别人谁也不能干涉。"狗皮说："地主有好几个媳妇怎么办？"方向红说："一夫一妻嘛，就是一个男人只能娶一个老婆，多的，自愿离婚。"狗皮说："能分一个给咱呗？"方向红说："狗皮，你不要捣乱。我再说一遍，男女结合，要靠两相情愿。男女双方，自愿结合，谁也不能强迫谁，谁也没权利干涉谁。媳妇不是政府分配的，得靠自己找。自己找对象，人家愿意了，到乡公所领个证就合法了。大家都明白了吧？"狗皮说："原来是这样，不分老婆啊。"

柱子听得明白，说："这个活，我愿意干！"

会场上嘻嘻哈哈，喊喊喳喳，听着就新鲜，大家情绪很高涨，一个老汉说，活了这么多年，听的，见的，也不少，这还是祖祖辈辈的第一遭儿。

第三十章

　　花棵河真的变天了。赵白眼有地有房子，租地收租子，家里雇着长短工，是不折不扣的大地主。吕掌柜和尹大嫂子家房产居多，还开着旅馆、酒馆，地虽不多，自给自足，也得划成地主。孔效愚有房有店铺，种地就够自己吃，划为富农。王半仙有三间房，没地，划为中农。狗皮家，只有一间草房，没有一垄地，划为贫农。老佃户孙瘸子，没房没地，划为赤贫。到了王子柱，工作组为难了。没房子没地，理应划为贫农，可是他还有个晚爹王半仙，有房子没地，他爹是中农，给他划个贫农也不合适。关键是，王子柱还不认王半仙这个晚爹，回到花棵河就住在破庙里，愣是不回王半仙的那三间茅草房子里去。为此，王半仙什么法子都想了，让村里有威望的人来说道过，甚至夜黑人静的时候，瞅着王子柱回到庙里，他也跑去过，求过王子柱，王子柱愣是铁板一块，没有一点松口的意思。

　　王半仙坐在破庙大殿高高的门槛上。王半仙说："柱子你就给你达个脸面好不好，搬回家里住去。"柱子说："你就死了这条心吧，我不会和一个跟日本人干过事的人住在一起。"王半仙说："你达跟日本人干事，并没干坏事。"柱子说："没干坏事？那怎么叫人家抓到局子里蹲了半年？"王半仙说："蹲了半年，你达这不是出来了吗。而且，国民政府法院也有结论，你达不是汉奸。"柱子说："快别说你的国民政府了，现在是共产党的政府，有事没事共产党说了算。"

爷俩的谈话陷入僵局。一会儿，王半仙说："儿啊，当初你达也真是没法子呀，都是被日本人给逼的，在那个形势下，你达只能走这条道儿。"柱子说："你可以上吊，你可以跳河，你可以逃跑，你可以装疯，你可以装聋作哑，唯独不可以跟日本人穿一条裤子。"王半仙说："你达指天骂誓，这辈子没跟日本人穿一条裤子。"柱子说："没穿一条裤子？不给日本人算卦，村里人能戳你的脊梁骨？"王半仙说："天地良心，我王半仙要是干一件缺德坏良心的事就死绝全家，这你满意了吧？"柱子说："俺恨死了日本人，你大概忘了，俺是因为什么离开花棵河的？"王半仙说："俺怎么能忘了，你是为了救赵家的七姑娘，被日本人给逼走的。"柱子说："你知道就好。知道，你还为日本人干事，就不觉得是认贼为父吗？"王半仙被噎得一句话也说不出来，他自觉理亏，知道柱子心里受伤很重，一时很难转过弯来。于是，王半仙说："你达身上的这个污点，一辈子是洗不干净了。你就可怜可怜你这个黄土埋到脖子梗的晚爹吧，你的娘念叨你想出了毛病，最后活活靠死了。你的弟弟因为演戏出了格，得罪了人，被学校开除，被警局捉拿，逃跑在外，到现在也不知去向。好端端的一个四口之家，死的死，逃的逃，不认家的不认家，现在只剩下俺一个孤鳏老头子。不为这，不为那，你就看在小时候俺收养你，给你口饭吃，给你口水喝的份上，也该可怜可怜俺，跟俺搬回去住。"柱子一听这话，非但没有回转的意思，反而更激怒了他。柱子说："不要说了，你的养育之恩，我早就用赵白眼家的工钱还清了。没有我的工钱，你的小儿子王子梁拿什么去读书？到现在还提这事！俺明明白白告诉你，咱们两清了，从今以后再不要说谁欠谁的了。"话说到这个份上，王半仙的心里凉了个通透，他知道柱子是回不了这个家了，丢下一句"俺这是造的什么孽啊"，就跟跟跄跄含泪而去。

方向红知道了这个情况，思来想去，就想借助划成分这个事儿解开他爷俩盘结在心头的死扣。

方向红来到祈雨殿找到王子柱。这个书生出身的年轻干部，说话开门见山，单刀直入，直截了当地对王子柱说："给你划个贫农，你还有个爹。若是给你划个中农，你又不回家跟你那爹一起过活，咋办？你倒是有爹还是没爹？"柱子说："我没有爹，我不认这个爹。""你说不认就不认了？一笔能写出两个王字？""方组长，你别说了，我正想改姓呢！我不姓王了。""那你姓啥？""管它姓啥都行，就是不姓王了。""这我了解得非常清楚，你身子里是没有半点王半仙的骨血，可要不是王半仙收留了你，你现在还不知道流落到哪里？说不定你早就不在人世了。""那我也不认，我恨他。""为啥？""我打小，他就剥削我。""他怎么剥削你啦，没给你吃没给你喝？还是像恶霸地主一样干活没给你工钱？种地没分给你粮食吃？""他有偏心眼，知道俺不是亲生的，拿俺当赚钱的家什使。""这话怎讲？""俺还没长大，他就让俺到地主赵白眼家放牛、喂牲口，挣了工钱好让他的亲生儿子王子梁上学读书，这不是阶级剥削是什么？""哈哈哈，王子柱啊王子柱，你脑袋瓜子挺灵光啊，不赖啊，进步神速！现学现用，把阶级分析的道理都用到自己晚爹老子身上了！不孬不孬。""你笑什么，俺说的都是实情实理，不信你打听打听左邻右舍啊，是这个事么？""王子柱，我告诉你，这不能叫剥削。一家有一家难念的经。拆了东墙补西墙，拾起坷垃砸坷垃，各家有各家的小算盘，各家有各家的营生道，这怎么能叫剥削呢？""方组长，不管你这么说，反正我是不认这个爹，我恨死他了。"

方向红卷了一根旱烟，递给了王子柱，自己又卷了一根，点了火，两个人抽了几口，满屋子里烟雾弥漫。方向红是洋学生出身，本来不会抽烟，但进入乡下工作组以后，入乡随俗，慢慢地也学会了抽旱烟。

"柱子啊，我劝你一句，这个家你必须得回，王半仙这个爹你必须得认。"方向红又抽了几口烟，呛得不行，就掐灭了，继续说道，

"为什么这么说呢？于公于私对你都有好处。你想想，咱圣城花棵河是孔孟之乡，礼仪之邦，为人做事，最讲个忠孝礼仪，最恨那些不忠不孝之人。忠是为国，孝是事亲。虽说王半仙不是你的亲生父亲，可是他含辛茹苦把你拉扯大，一天三餐把你喂养大的。给你吃的，给你住的。病了，给你喊郎中，熬草药；别人欺负你了，他能出来护着你，没有功劳也有苦劳。做人不能没良心，做人要学会感恩。知恩图报真君子，不孝之子乃小人。老话说，一日为师终身为父，何况还是热汤热水养育了你十几年的晚爹！你想想，在花棵河谁不知道你和王半仙的关系，你不回家，不叫他爹，咱花棵河的老百姓怎么看，乡里乡亲怎么说。你还是个新当选的贫协主席，怎么给村里人做个表率？这是从私的方面说。再者，从公的方面说，你是我们工作组的培养对象，是组织重点培养的积极分子，就是老百姓的带头人，事事处处都得带好头，都得做样板，做标兵，做模范。连养你喂你的爹你都不认，忘恩负义，过河拆桥，不忠不孝，你就做这样的样板，这样的标兵，这样的模范？你又不傻，你想想，为了自己的前程，这个爹你也得认，这个家也得回。你说是不是，柱子？"

柱子说："他跟日本人干过事，俺要和他撇清关系。"方向红微微一笑，说："这个我也了解过。日本人占领花棵河期间，许多人为了生存，是跟日本人有些交际，但只要没有祸害乡里，没做那些狼狈为奸的事，就不能定性为汉奸。我知道你小子，担心有个不清不白的晚爹将来会连累了你。退一步说，就是将来有清算的那一天，我敢保证，组织上也会丁是丁，卯是卯，萝卜白菜分个清，眉毛胡子分别剃。你爹是你爹，你是你，不能搞株连，不会伤及无辜，更何况他还是你的晚爹。"

一番话，说得王子柱哑口无言，他闷哧闷哧一个劲儿地抽烟。半天，王子柱站起身来，说："方组长为俺做主。你见多识广，这回我就听你的，明天我就卷铺盖卷回家去，反正他老人家也是快入土的人了，活不了几年了。"

方向红正色道："说的什么话，碍不着好像我逼着你去叫爹。你小子是口服心不服啊！"

"方组长，这你就冤枉我了。难道我说的不是实话，人生七十古来稀。嘿嘿，不是我盼着我爹快死，年岁不饶人啊。这是老话。"

"你小子，叫爹了吧？真有你的，这就对了嘛。"

两个人正说笑间，忽然从门外风风火火闯进一个人来。人还没进屋，爆料豆似的就先听到一排"连珠炮"："方组长，这'农友识字班'到底还办不办？村里的男青年都说白天干活累得慌，晚上识字又没空。大闺女小媳妇们的，一个个推说，一个女人家识文断字有啥用，早晚还不是要嫁人，生儿育女，做饭喂猪，识几个字能当饭吃，还是能当衣穿。你说说，方组长，大家认识这么浅薄，觉悟这么低，这识字班到底该咋办？"

来人不是别人，正是王子柱日思夜想的赵伊灵。

四目忽然相对，王子柱一下怔住了。赵伊灵也瞬间僵住。

今天，赵伊灵围了一条红围巾。鲜血一样的红围巾，刺得王子柱睁不开眼。

半天，王子柱说："你们聊，你们聊，俺去趟茅房。"边说，边小偷似的溜出门槛。

红围巾的那个红，那是王子柱心中的一团火，一腔血。

第三十一章

白天忙春耕，晚上忆苦思甜斗地主。

方向红说："花棵河是个典型村，典型村要有个典型村的样子，要搞出个特色。"他决定，白天各家各户忙自己的农活，晚上都集中在祈雨殿庙里，一个晚上忆苦思甜斗地主；隔一晚上花棵河村不识字的男男女女上夜校识字班，学文化，学知识。方向红说："人不能闲着，一闲下来这人就要出幺蛾子。生产、斗争、学习三不误。这就叫作一张一弛，一文一武，两全其美。"

隔一天夜里，轮到"农友识字班"开课。王子柱等一干青年都来了。

花棵河村办夜校识字班，有学校，有教师，赵伊灵是个响当当的高中生，在夜校识字班当老师绰绰有余。赵伊灵把村里人不愿上识字班的情况汇报给方向红，方向红又将这个任务交给了贫协主席王子柱。方向红说："把花棵河村里五十岁以下的，不识字的，男的，女的，只要有腿的，能走动的，都要召集到花棵河完小上夜校，识字学文化。不识字，没文化，将来牲口也喂不好，地也不会种。这事就交给你们贫协了，由你王子柱来负责。"王子柱说："放心，我来张罗就是。"

王子柱叫上狗皮等一干青年，挨家挨户去拉人。狗皮会说话，"在家点灯熬油，还费自家的。不如到学校里去，省油又省火。大姑娘，小媳妇，老光棍，俏寡妇，大家乐呵乐呵在一起，成上几对鸳鸯，也说不定哩。 大家都在夜校里学识字，说说笑笑多快活，这等好事你到哪里找？"说得许多人动了心。

"大家静一静，我们马上开课了。"伊灵上课，王子柱怕伊灵发现了他，影响上课，就悄悄躲在教室一个暗角落里。

"前两次，我们学过'山''水''男''女'四个字，今晚我们学习'日''月'这两个字。"伊灵边说边在黑板上写出"日""月"两个字。

"'日''月'这两个字，和上次我们学过的'山''水'两个字一样，也是两个象形字，我来画一画。"伊灵在黑板上又画出了"日"和"月"的图案。

"'日'字，就是我们常说的'过日子'的'日'字，也表示一天的意思。 从太阳出来到太阳落下，就是'一日'。 现在城市里，都过'礼拜'，七天就是一个礼拜。 第七天，叫'礼拜日'，也叫'星期天'。'日'就是'天'。 一日就是一天，一天就是一日。"伊灵一字一句，抑扬顿挫，讲得十分清楚。

"报告老师……"光棍汉狗皮嘻嘻哈哈站起来说。

"哈哈哈——"

"哈哈哈——"

几个光棍汉子见说起荤话兴高采烈，几个长舌的婆子也跟着起哄。 场面混乱不堪。 伊灵手脚无措，满脸涨得通红，僵在那里一句话说不出。

"狗皮！ 出来！ 你个浑蛋！ 你给我滚出去！"

柱子忽地一下从墙角站了起来，飞起一脚就向狗皮踢去。 狗皮没有提防，猛地一下就栽在前面的桌棱上，鼻子、嘴巴里都是血。 "哎呀，疼死我了，我的牙，我的牙！"

教室里顿时肃静下来，看着柱子凶神恶煞的样子，狗皮屁都也不敢放一声就滚出了教室。

"都给我听好了，这识字班是学文化的场所，不是你们几个泼皮说笑叽咕的地方。来这里就是叫你们识字，学点文化，免得以后把你们卖了也不知道到哪里去数钱。以后谁还敢在这里调笑，撒泼，起哄，看见了吧，就摸摸你们嘴里还有几颗牙。伊灵……赵老师，继续上课！上课！"

赵伊灵憋住委屈的眼泪，看看柱子，继续上课。

柱子走出门，从口袋里摸出两个硬币，叫小六子捂住狗皮的嘴去找孔效愚包扎。

"就这几个钱，不够，你自己出，活该！"柱子说完，没事似的继续听他的课。

"刚才的事儿，谢谢你。"伊灵上完课，教室里只剩下她和王子柱。

"说的什么话。组长把夜校的事交给了贫协，是俺没有管好。"王子柱轻描淡写一说。

"要不是你，今天的课我还真不知道该怎么收场。你帮我解了困，不管怎么说还是应该谢谢你。"

王子柱听着就有点生分，自己日夜想念的伊灵真的对自己没有一点其他的感觉。他无解地看着伊灵，一句话也不说。

"你也改一改脾气吧，你看你，刚才把狗皮的两颗牙都踢掉了，叫他怎么做人。"伊灵说。"还是揍得轻，欠揍！对这种人，你就得揍才能改了他脾性。""我是说，你现在大小也是村里的小干部，动不动就靠拳头说话，人家谁能真正地服你啊。""我那是镇场子，不给他个下马威，谁还听你的课，你这课还怎么上下去！有时候拳头比你的粉笔头子管事得多！""这我信。我是说，以后为人处事还有不靠拳头也能解决问题的。现在解放了，新社会了，人人平等，不是你在九龙山的时候，光靠鲁莽和拳头就能打天下。你不听我的，早晚会出事。""出事？ 出什么事？ 俺就是土匪，俺就是九龙山上下来的，怎么着？""还是一根筋，还是从小的拗脾气。 柱子哥，你能不能用点脑子行事！"

一句"柱子哥"迅速将他们的距离拉近。 王子柱愣了一下，似乎抓住点什么。

"柱子哥，你也不小了，也该成个家了。"伊灵说。

"伊灵，别怨俺说话莽撞。 俺要娶你当老婆。 我那天说过的话，到现在也没有改变。 虽然俺没有洋马，也没有长枪，俺不敢保证你那个……那个一辈子荣华富贵，但我保证叫你一辈子不缺吃，不缺穿，日子过得顺顺溜溜的。"柱子一口气说出憋在心里的话。 回到花棵河，柱子一直伺机想找伊灵再一次表白，一直没找到合适的机会。

"柱子哥，你别这样，我可一点心理准备也没有。"这么突然的求婚，让伊灵大吃一惊。

"俺的心你应该倍儿清。 俺几年前早说过，你早早晚晚是俺桌上的一盘菜，俺一直等着吃。 你什么时候端上来，俺就什么时候吃。"

"你个该死的王子柱，你能不能变得像人一点，别那么粗鲁好不好？"

"俺就是这么个吃货。 专好这一口。"

这话气得伊灵一鼓一鼓的，打也不是，骂又骂不出口。 柱子却没事似的，觍着个脸，向前往伊灵脸上凑，眼睛直直的，放着光。

"柱子哥，你叫我好好想一想。 你别逼我。 说实话，现在，我心里很乱，一点头绪也理不出来。"伊灵缓缓地说。

"这就对了，妹子。 你是该好好想一想，俺等着你。"

"谁是你的妹子，叫老师！"伊灵莞尔一笑。

"嗯。"柱子诡异地瞅瞅窗外没人，放开喉咙大声叫了一声："赵老师。"伊灵的脸上又恢复了往日舒展的笑容。

学校的更夫来熄灯了,两个人走出教室。

"你回哪?"伊灵问。"俺回家里。""你不住庙里了?""俺又不想当和尚,还能老住庙里。 回家了,和俺晚爹一起住了。""哦,我也回家住了,也和我爹,还有后妈一起住了。""俺有个晚爹,你有个晚娘,咱俩都是那苦命的人,一根线上拴着的两个蚂蚱。""去你的。"

第三十二章

柱子回来住,家里有了两个人,不再形单影只,这让王半仙打心眼里高兴。不管怎么说,两个人总比一个人要有烟火气。王半仙看着五大三粗的柱子,铁塔一样的汉子,虽然没有自己的一点骨血,但记在他的名下,也就有了底气,干啥事都起劲。

"要是你娘不死,你弟弟再回来,咱们这个家就圆满了。"王半仙时不时地自言自语两句。

"你说,你弟弟走了四五年了,连个音信也没有,他到底是跑到哪里去了呢?全国都解放了,新社会也建立了,应该没事了吧,还躲个什么劲,赶快回家就是了。他就一点不想家?就不想想老家还有个可怜的老爹?"王半仙晚上闲得慌,又舍不得点油灯,怕浪费。黑灯瞎火中,常常一个人凑到窗前,把个算盘珠子拨拉得啪啪响,也算不出王子梁的去处,絮絮叨叨,着急上火。

王子柱在外忙碌了一天,晚上回来,还得听王半仙的唠叨,着实有点烦:"我说爹,你能不能消停点。你觉得你灵光吗?算了多少回了,也没算准恁的小儿子在哪。别再捂着耳朵偷铃铛了,那是自欺欺人。恁要是实在闲得无聊,要不你去夜校凑个热闹,解解闷,学几个字,也免得成天在家唠叨,我听得耳朵都起茧子了。"王子柱不愿回家,十有九成就是因为他每天都要面对王半仙的那老一套。

"俺不去,都这么大年纪了,学什么文化!一帮大姑娘、小媳妇、光棍汉子、老街痞子，成天没个正经样，他们不嫌害臊，你爹还嫌丢人哩。"

"你这是从哪里听来的？净胡说瞎扯！人家伊灵教的是知识，是文化。是狗皮他们几个瞎吱歪，胡咧咧，糟践夜校识字班。"

"反正俺不去。俺过去念私塾，学的'人之初，性本善''赵钱孙李，周吴郑王'，比这管用多了。再不济，俺还能靠私塾里的这点底子，走个街，串个巷，混口饭吃哩。"

"快别再提算卦这事了。方组长说了，解放了，新社会了，以后你也不要再出去算卦了。"

"咋了？他方组长也管这事？"

"方组长说，这是封建迷信！新社会不信这一套。"

"封建迷信？老祖宗留下来的这点灵光，他方组长说不成就不成啦？一个刚褪了胎毛的半青后生才吃过几个盐粒子？"王半仙不服，振振有词。

"盐粒子是没恁吃得多，但现在人家说了算。"柱子说。

"俺老汉找他捯饬去，让他给拿个主意，俺老汉不出去拨拉算盘珠子，靠什么混个油盐钱？"

"爹，你说这话，毫无道理。不去拨拉盘珠子就没油盐吃了？就饿死了？"

"你爹我打小不善农事，打小就没出过那个力气。你也不小了，过不了几年，还得抬亲，成亲，娶媳妇，生孩子，过日子。哪件事不都得花钱！"

"现在社会不是变了吗？不时兴那一套了。"

"什么社会也得让人做营生吃饭啊。"

"不是不让恁做买卖，你可以干点别的营生啊。"

"干什么营生？俺啥也不会，就会拨拉算盘珠子。"

"爹，我倒想好了一个买卖。"

柱子还记得小时候，有一回王半仙出去给人家算卦。主人家没钱，搜罗了半天，找来十来个鸡蛋，当卦资给了王半仙。王半仙回到庙里，掂着十几个鸡蛋舍不得吃，想着遇到事了好派上用场，又怕被老婆子偷吃了，东掖西藏，不知道藏哪里好。经过观察，他发现祈雨殿后面娘娘塑像上方有个神龛是个好地方，一般人看不到，也够不着。王半仙就用破棉袄包裹好十几个鸡蛋，踩着梯子掖了进去。过了一些时间，王半仙又觉得不妥，这天一热，鸡蛋大概率就会坏掉。王半仙心生一计，就琢磨起一个生财的门道。让蛋孵鸡，鸡下蛋，蛋再孵鸡，鸡再下蛋。鸡鸡蛋蛋，无穷尽也。王半仙为自己的发财梦夜里喜出声来。可是到哪里找一只能抱窝的老母鸡呢。半仙有的是办法。算卦赊母鸡，孵出小鸡还母鸡。很快王半仙就实现了自己的小算计。他担心孩子们瞎鼓捣，仍然偷偷地把母鸡藏在神龛里，时不时地踦着凳子给母鸡喂食添水。有一天，柱子领着梁子、伊灵几个娃娃在娘娘庙里玩"过家家"，听见有小鸡的叫声，就人驮人爬上去，扒开神龛，发现好几只毛茸茸、刚破壳的小鸡，还有几个未孵出的"汪蛋"，高兴得几个孩子赶紧把小鸡捧下来逗着玩，拿着几个"汪蛋"当溜溜球滚。王半仙看见，心都在流血，呵斥走几个孩子，又把"汪蛋"放进去，继续孵小鸡。几个孩子围着毛茸茸的小鸡，高兴得手舞足蹈，一晚上起来好几次，逗着小鸡玩。王半仙告诉孩子们，在老家河南，梁子的爷爷就是靠孵小鸡过活的。龙生龙，凤生凤，老鼠的孩子会打洞嘛。

"爹，我看你还不如重操祖上旧业，孵小鸡、赊小鸡卖，一样能挣个油盐钱！"

王半仙沉吟良久，说："这倒是个门路。小儿咪，你还别说，在咱老家，你的爷爷就是靠着孵小鸡养活了一大家子。你爹那时候浪荡，没怎么学这手艺。可是，龙生龙，凤生凤，老鼠的儿子会打洞，你爹真还懂点孵小鸡的门道。"

"咱就干这档子事!"

"我看,中! 既然方组长说得这么明确,你爹就不给你脸上抹黑了。 难不住你爹,你爹另起炉灶,另找糊口的门路!"王半仙一口一个"你爹",一口一个"你爷爷",意在强化柱子的家族意识。 王半仙明白,一天一天往柱子的耳朵眼里灌,碍不着柱子的意识就凝固了。

"爹! 爹? 这可不是我的亲爹。 我的亲爹在哪里?"柱子心里嘀咕。

"大姑娘,小媳妇,快来看喽——赊小鸡喽——春上赊小鸡,秋后能下蛋喽——"

"孩他娘,老婆子,快来看呀——赊小鸡喽——一本万利,谁赊谁挣油盐钱喽——"

从此,王半仙换了行头,挑了一副担子,前后两摞大箩筐,盛满毛茸茸的小黄鸡,走街串巷赊小鸡。

在花棵河,赊小鸡,有规矩。 每到春天,卖鸡人挑着两个颤悠颤悠的大箩筐,翻山越岭,过河踏桥地挨村叫卖。 箩筐里装满小鸡崽,每到一个村子,找一块平地,把小鸡圈起来,供来人挑选。 听到赊小鸡的吆喝声,村里买小鸡的大姑娘、小媳妇、老婆子们便拿着家什,围到挑子前挑选。 选好了小鸡,卖鸡人在本子上记上买鸡人的名字和小鸡的数量,只记账,不用现钱,赊账,买鸡人就可以把小鸡崽赊回家了。 等到秋后,卖鸡人再过来收钱,这就是所谓的"赊小鸡"的生意。

俗话讲"年好过,春难熬",其原因是春天是一个青黄不接的季节,这个时候人们手里大多没有多余的钱,买小鸡赊账,可以缓解乡里人暂时的困难。 到了秋后,收了庄稼,或是卖了已经长大的小鸡,手头有钱了,就可以给卖鸡人付款了。 饥馑的岁月,人们买鸡多是为了孵蛋,可小鸡公母难辨,人们都根据各自的经验仔细辨认,力求买的小鸡里，长大后母鸡出的多一些。 卖鸡人也会根据小鸡的公母收钱，母鸡自然比公鸡贵一点。 赊上鸡的人家高兴地把小鸡带回家，精心饲养着，过了春夏，到了秋后，母鸡已经开始抱窝下蛋，公鸡也可以拿到集市上卖个好价钱。 这时候，卖鸡人又回到村子里收钱了。 每到一个村子，用不着挨家挨户地收钱，赊小鸡的人互相转告，像春天买鸡的时候一样，对上姓名和数量，付上钱，划了账，这笔账目便结清了。 不管小鸡是死是活、是公是母，没有赖账的，如果实在没有钱，经过与卖鸡人协商也可以用粮食或鸡蛋顶账，从来没有因为不还账而出现过争执磕绊什么的。

王半仙路子熟，人缘好，会说道，孵小鸡、赊小鸡的生意做得顺风顺水，如鱼得水。

"王半仙，改门庭换行头了？ 不算卦啦？"外村熟人问。

王半仙嘿嘿一笑："什么时候了，还算卦？ 新社会了，咱不能给国家抹黑，是吧！"

"嘿，王半仙，你这人变通得倒是挺快的啊？"

"是啊，不变不行啊。 这不，孩子也大了，在村里干点公家的事，咱这当爹的不给孩子添彩也就罢了，起码别添乱啊。"

"你说的是哪个儿？ 干啥差事叫你这么护驹子？"

"俺大儿子，王子柱。 村里公选的，当上贫协主席了。"

"俺说呢，半仙家出了当官的了！ 难怪你嗓门那么高，腰杆挺得那么直！ 连烟袋窝子都换成纯铜的了！"

别人说他好，他心里舒坦，眉眼绽开，笑嘻嘻地站在那里，粗大的手摩挲着锃亮的烟袋窝子，说："都是大小子给置办的。 恁再瞅瞅俺这夹袄，表里都是簇新的，也是大小子给置办的。 俺说不要，大小子非得捯饬不行。 这孩子不孬，孝顺着呢。"其实，纯铜的烟袋窝子是他用二十只小鸡崽跟吕掌柜换的。 夹袄是王半仙一个人偷偷跑到县上买来的减价货。 王半仙明白，不能哭穷，更不能邋遢，大儿子现下正是找媳妇的年纪，必须把自己的家装扮成很富足的样子，自己穿戴像模像样，才能有像样的闺女上门。父母尊厚，儿女孝顺，父慈子孝，一家子祥和安泰，在花棵河，只有这样的人家才是正经的"忠厚人家"。

"王半仙啊，你现在是鸟枪换炮了，心满意足了吧。可是，在俺看来，你还缺件东西。"

"缺什么？啥也不缺！"王半仙很警觉，他很在意别人说道自己的短处。

"别嘴硬。你还缺一房儿媳妇。是吧，半仙？"一个相熟的婆子脱口而出。

这说到了王半仙的心病症结。不孝有三无后为大。王半仙的肚子里不知来回翻腾多少遍了。王子梁那个兔崽子这么多年没个音信，也不知道是死是活，活不见人，死不见尸，八成是回不来了。想我王半仙不能眼看着王家绝了后啊。这没个香火，百年以后连个祭奠送纸钱的也没有，岂不是做了饿死鬼？王子柱虽然不是亲生儿子，总是顶着一个"王"字。一笔写不出两个"王"字来，就是反过来正过去，它还都是个"王"字。王半仙后续香火的全部希望眼下都寄托在了王子柱身上。有多少次，王半仙试探着问柱子到底是如何打算的。柱子要么缄口不语，要么是只闷声回一句："等着吧。俺的事你别管。"皇帝不急太监急，有啥用呢。

"老妹子，你还真是说到我的病根子上了。实不相瞒，我王半仙这些日子吃不好睡不香，躺在炕上就琢磨一件事，这大小子什么时候能找上一房好媳妇，结了婚，抱上孙子，我就是现在死了，也能安心地闭上眼睛。""你家过得殷实，有房子有地，大小子人又长得敦实，一表人才的，愁啥呢？""大小子忒拗，强按驴头它不喝水啊。""甭急，半仙，等老妹子给你瞅着，瞅个好姑娘，看你那大小子低头喝不喝水？""一切都仰仗老妹子了，你给仔细寻摸着点。""包在老妹身上了。""成了,俺给恁送八色礼。""甭,甭,六色礼就行!""哎,老妹儿,恁慢走! 这几个小鸡崽,也送恁了,秋后不要你钱!""一切都包在老妹身上了。 那俺就拿着这些个鸡崽儿了?""拿上,拿上!"

　　为给柱子找媳妇,王半仙没少搭了鸡崽儿。

第三十三章

　　花棵河"斗地主"工作没有起色，这让方向红很是焦虑。大家说，在花棵河最大的地主那肯定是赵白眼无疑，可赵白眼人挺好的，做人行事都是按孔老夫子所说的仁义道德那一套，诗书继世，忠厚传家，勤俭操持，和睦乡邻。视邻里如兄弟，遇上不测，慷慨解囊；待长工像亲戚，同吃同住同劳作，过年过节还给鱼肉吃，红白喜事祭典，都有杯烧酒喝，是三里五乡有名的"赵善人"。斗他什么呢？若是再数呢，就是吕掌柜、尹大嫂子、孔效愚这些人算是村里最富足的，也找不出什么不是啊，其他就再没有什么人了。

　　几个月过去了，花棵河村的斗地主工作还是零起点，一场像样的批判会也没组织起来。这让方向红很是着急。他狠狠地臭骂了王子柱、狗皮他们一顿，骂他们觉悟低，没斗劲，扶不起的阿斗，上不了墙的烂泥，干不成大事。方向红觉得到了必须采取其他措施的时候了。

　　一天，方向红跑到田间地头找到王子柱，说："王子柱你得出趟差。""啥叫出差？""就是外出替公家办点事。""办啥事呢？""去趟济南府。""去济南府干啥？""学学人家斗地主的经验。"柱子磨蹭了半天，面有难色，说："俺不是不想去，你看俺这地还没捯饬好，谁来整？""你就这点觉悟！捯饬地重要还是革命工作重要？""都重要。""你看看邻村里斗地主的工作开展得轰轰烈烈，就咱们花棵河村死气沉沉，难道你不着急吗？""着急。""着急，你就给我出趟差。""这……""明天到乡公所借了钱就去买火车票，带上狗皮，两个人去一趟济南。""学什么？""报纸上说，济南郊区有一个历城县搞土地改革在全国是先进典型，搞得风风火火。你们去好好学学，回来比着干。""哦。""我们花棵河斗地主的工作太被动了。再拖下去，村里先进集体的牌子就要给撸了。""哦。""你们快去快回，学到真东西就回。""哦。""还有，这是从县上开的介绍信。""哦。吃住咋办？""吃住回来实报实销。"狗皮从旁边地里窜出来，嬉皮笑脸地问："啥叫实报实销？""就是吃住不花自己的钱。""还有这种好事？俺去俺去。"柱子说："咱们还是自带干粮吧，吃着顺口。"方向红说："随便。明天就出发。""好吧！"

柱子和狗皮各自从家带了煎饼和咸菜疙瘩，用包袱皮裹好，从乡公所打了借条借了钱，准备上路。柱子害怕一个人带钱丢了，两个人就分开带，缝在夹袄里面，以防万一。柱子临行前一再嘱咐狗皮，出门在外，一定要小心，要多长个心眼，说什么也不能把公家的钱弄丢了。狗皮欢天喜地一一答应。

这狗皮，虽然从小就长在火车站底下，坐火车还是第一次，兴奋得东张西望，一路上没少出了洋相。王子柱倒是见过世面，一路笑话狗皮，一路望着窗外的风景，顺着津浦线再转胶济铁路，跑了大半天到了济南历城黄台站。

出了站，已是掌灯时分。人生地不熟，问了几家旅店，王子柱都嫌太贵，就想着在外头溜达溜达，挨到天明。狗皮说："哥，方组长不是说了吗，住旅店回去可以报销，何必在外头挨这多半个晚上？"王子柱骂道："你就是个贪图享受的货。你知道住一晚上多少钱？""多少钱？""换成麦子，够咱俩吃半年的白馍馍。""恁贵？""可不是。躺店里一夜，又长不了个儿，长不了肉，不如在街上溜达溜达，将就一会儿就过去了。"狗皮说："就你疼那俩钱，不知道沾光。"王子柱说："人家方组长那么相信咱,让咱俩出来长见识,看风景,咱不能坑人家方组长。"狗皮无语。 两个人从站前溜达到站后,在昏暗的小街上闲逛。 实在累了,找了一个僻静人家的大门楼子底下,摊开布包裹,半躺半蹲地迷糊了一会儿。

狗皮一合眼,就打起了鼾声。 王子柱却翻来倒去,怎么也睡不着。 柱子想,也不知道伊灵现下在干什么,也像我一样睡不着吗? 老话都说,两个人的心要是离得很近,就能有感应,或者一个人念叨另外一个人,另外一个人隔得再远也会打喷嚏。 俺怎么连个喷嚏都不打,怪了,这大五更的,天这么凉,俺怎么连个喷嚏都不打呢。 莫非伊灵心里根本没有俺? 看来是伊灵真的睡着了,压根就没把俺挂在心上。 不对呀,那天她不是答应要好好寻思寻思来着。 俺向她掏出心窝子,过去这么多天了,怎么连个音信也不回? 到底是行啊还是不行? 爹也催,邻居也问,讨嫌的媒婆子三天两头跑上门。 爹叫人把结婚的花被都做好了,就等你伊灵一句话了。 咦,她会不会心里有人了? 会不会早就有相好的了? 这么多年,俺没在家看护着她,她也许早就有了意中人,只是不好驳我的面子,所以一拖再拖……这个意中人,会是谁呢? 狗皮一直在家,怎么会一点风声也听不着? 他若是知道些蛛丝马迹,怎么也不向我吱一声?

朦朦胧胧中脑海里一会儿出现了关敬轩,一会儿是郑晓华,一会儿是狗皮,一会是死去的刘罗锅,一会是弟弟王子梁……走马灯似的,换来换去。 柱子叫,叫不出声。 他急,挥不动拳头。 他想打人,找不到家什,又不知道打谁,找不到对头。

"柱子哥,柱子哥,你醒醒。 你压住俺的腿了。"狗皮喊醒了柱子。"哥,你做梦了吗? 恁吓人呀,咿咿呀呀地光说梦话,啥也听不清,还磨牙磨得嘎嘎响。"

王子柱睁开眼,看见人家住户已经推开大门,正嚷嚷着撵他们走人。

柱子和狗皮赶紧收拾地上的包袱。狗皮说："哥，你怎么哭了？眼上还有泪。"

"哪有？是露水。""哥，你糊弄谁呢，大春天里，哪来的露水？"

"唉……"柱子长叹了一口气。

"哥，你心里有事。你是不是想女人了？"

"既然你说出来了，俺也就不瞒你了，俺是想娶一个女人做老婆。""哥，是伊灵吧。""你个熊玩意儿……""哥，这谁看不出来。那天怎打掉俺俩门牙的时候，俺就猜到了。""还是纸里包不住火。""可是哥，你不知道吧，伊灵和你家弟弟王子梁好了。""什么？王子梁？""你还不信？""不可能吧。""就你一个还蒙在鼓里，还不信？"柱子的心咯噔一下。狗皮就把伊灵和王子梁的事前前后后添油加醋地咧咧了一遍。

"村里都这么传的，说赵伊灵早晚要嫁给王子梁的，说他们是天生的一对，地造的一双。"

王子柱重重地低下了头，半天不语。

听完狗皮的话，王子柱忽然有了一个计划，一回到村里马上就要抓紧实施的计划。万一，王子梁忽然在花棵河出现了……

柱子说："狗皮，不嚼这些妇道人家的舌头了。大丈夫何患无妻。""就是就是。凭哥这一表人才……""不说了狗皮，哥带你吃济南的油旋儿，喝甜沫去！""油旋儿是甚？甜沫是啥？""济南府的名吃。""听都没听过。""俺也是在九龙山听人讲的。""啥味？""听说油旋是用白面做的，油润金黄，圆形，内里一圈圈的。咬一口，外表酥脆，内里柔嫩，透着葱花的咸香味，好吃得很。""哥你说的我直流口水。""那甜沫更好喝。""甜的，加糖么？""老外了。甜沫不甜。""咋做的？""听说济南人都爱喝甜沫。""哦""模模糊糊记得山主说过，好像是将小米粉倒入开水锅中，放入适量的青菜叶、盐、花生、红小豆、豆腐泡、粉条等，调入花椒粉、胡椒粉混合，熬煮后就能入口了。感觉滑溜溜、香喷喷、辣嗖嗖的，好喝极了。""那得想法尝尝。""就是，来一趟不容易。"

两个人七打听八询问，一路来到济南后宰门一家小吃店。天尚早，人不多。

柱子问："好吃不？""好吃。""好吃吃饱。""我还想吃一沓。""吃。"柱子想，吃饱的猪老实，好挤兑，叫它干啥就干啥。不过还要给它搔搔痒，它才会死心塌地。柱子问："兄弟，打掉的牙镶上了没？""没。""哥对不住你。""看哥说的。""怎么还不去镶？""不碍事的，能嚼东西。""那多难看。""难看好看的，谁看呐。俺又不像哥一样还要找媳妇。""谁说你不能找媳妇？""你看俺这个熊样的，谁跟俺。""什么狗样熊样的，都是人。是人都想有个家。你不是个男人？""想。""想，这就是爷们。你快把牙镶上，找个合适的女人，成个家也不枉在世上走一遭。""说好说，哪里来钱啊？""给。"柱子从布袋里掏出几张纸币塞给狗皮。狗皮吃了一惊，说："哥你这是干什么？""看看镶牙够不？别成天豁着个牙，叫人看见，像是记我仇似的。""谢谢哥。""回头哥也给你寻摸着女人，有合适的，给你张罗一个。""你就是我的亲哥。"

柱子说："哥对你好不？"

"好。"

"回到村里，听谁的？"

"听哥的！"

"遇见事儿，帮谁？"

"帮哥！"

"活了这么大，谁和你最亲？"

"哥！"

"伊灵和梁子以前那是'过家家'，你别再跟着瞎咋呼。"

"知道了哥！"

"女大一，不是妻，伊灵正好比梁子大一岁。"

"伊灵不是梁子的妻。"

"打从我到赵白眼家放牛，伊灵就跟着俺玩。"

"伊灵和哥正合适。"

"哥就靠你帮衬哩。"

"狗皮俺绝对……你指到哪俺就打到哪。"

"没喝酒就醉了。"

"哥的好处就是老白干。"

"回吧。"

第三十四章

柱子最担心的事还是发生了。狗皮把缝在夹袄里的差旅钱丢了。柱子千叮咛万嘱咐，多次比画着问狗皮那个硬硬的东西是否还在，狗皮都咧着个嘴点头表示没问题。

"怎么就弄丢了呢？俺明明放得好好的。"

那是来到历城的第三天。晚上正准备住店，柱子才发现狗皮夹袄里的钱不翼而飞了。柱子认定放错了地方。狗皮躲在一个僻静的地方，把衣服脱了个光光。大冷的天冻得瑟瑟发抖。口袋、背袋、夹缝翻找遍了，也不见一张钱的影。天虽冷，焦躁得狗皮却满头大汗。"你再仔细地想想"，柱子见状，骂咧了几句难听的话，也不好再过多地责怪什么。

狗皮只叫："怎么就丢了呢，明明缝在夹袄里层，昨天还用来。"柱子只得说："唉，丢就丢了吧。只是剩下的几天又要住人家的门楼了。""都怨俺，都怨俺。""走吧，只能碰碰运气喽。"柱子心中后悔的是前两天住店不该先花自己带的钱，这下栽了，连回家的车票钱也没了着落，难不成还要跑着回花棵河？

他俩运气不错，住了一晚废弃的厂房，第二天就找到一个四合院门楼。看样子应该是一个旧时官员的宅院，里面住着一位三十出头，穿制服的女人，名叫冯家珍。听说他俩是来历城学习斗地主经验的，就热情接待了他们。

"进来进来，择门不如撞门，来得早不如来得巧。快进来，不是一家人不进一家门。"柱子一看一听，就知道冯家珍是个豪爽干练快嘴快口的人。"别住门楼了，就住院子东厢房，里面有床有铺，现在只是临时放了些资料杂物，收拾收拾就能住。"冯家珍了解到他俩的来历，更是像邂逅多年不走动的远房亲戚一样，把他们的吃住等一干事情都安排得妥妥当当。"真是千恩万谢。"受宠若惊的柱子说。"都是为了革命工作走到一起来了，说什么感谢。要感谢就感谢伟大领袖毛主席，感谢新生的人民政府。"冯家珍说。让柱子感到蹊跷的是无巧不成书，冯家珍正是上级派到历城开展土地改革工作的总指挥。柱子他们这回真的歪打正着，找对了家门。更让柱子两人开始相信了一句古话，踏破铁鞋无觅处，得来全不费工夫。

柱子两人白天按冯指挥的安排，见识了几场轰轰烈烈扎扎实实真刀真枪斗地主的场面。更让柱子瞠目结舌的是晚上在四合院里亲耳聆听冯指挥的高谈阔论，从国内到国外，从解放战争到土地革命，从斗地主到提高觉悟，从方式方法到政策红线，纵横捭阖，口若悬河，滔滔不绝，一谈就是一晚上。柱子是彻底被折服了。柱子神思遐飞，暗想，一个童养媳出身的女人，出来闹革命，天南海北打过那么多仗，刀尖上走，火坑里爬，这且不说，还能当国家干部，懂那么多条条框框，有嘴有心，有胆有识。就是九龙山山主"小桃红"活着，怕是也比不过她。山主只知道打家劫舍，杀人越货，山外的事情能知道多少？人比人，气死人。天下怎么还有这样的女人，还有这样的能耐和本事。可怜咱老家的那些女人们，只知道烧火做饭，锅台前转到床头后，生儿育女。只是不知道俺那个心头肉赵伊灵这一辈子能干出点甚事？一想起赵伊灵，柱子又是一夜失眠。

在历城地界上，实地观摩斗地主的场景让柱子十分震撼。几天以来，他一直纠结，同样是地主，这天下的地主怎么就不一样呢？花棵河里的赵白眼，人称"赵善人"，俺在他家打工好几年，也没听说他作恶多端，鱼肉乡里啊。这外地的地主老财，怎么就那样无恶不作，为非作歹呢？要不然，怎么会惹得大伙非要往死里斗他们不可呢？

这天下雨，他俩都没出门。狗皮蹲在地上正津津有味地看一本油印的图画书。

"哥，快来看，过瘾。"

柱子看见狗皮手里拿着一本图画书，有说明，有图示。狗皮好像得了宝贝似的，抱着看得津津有味。狗皮和柱子不同，从小就没迈出过花棵河一步，没见过什么世面。什么都感到新鲜而又刺激。那些轰轰烈烈的斗地主方式，在他看来，兴奋而过瘾。

"这下好了，回去也好向方组长交代了。咱们村里'斗地主'，照着葫芦画瓢就是！"狗皮指着图画书说。

"你小子学得倒是挺快！比俺强！"柱子笑了。

"俺就记住了这么一句。哥，俺听你的。回到花棵河，恁说咋办就咋办。"

"你说，俺花棵河斗地主先斗谁呢？斗赵白眼？还是尹大嫂子？"

"赵白眼可是你将来的老丈人……"狗皮不假思索，脱口而出。狗皮话一出口，就后悔了。

柱子无言。

柱子和狗皮面面相觑。柱子几乎一夜没有合眼，一闭上眼睛，满脑子里都是斗地主的那些场景。未来的老丈人你说叫俺怎么办？俺的心头肉该会这么想？柱子再次失眠。

该回花棵河了，出来六七天，带来的干粮就快吃完。冯家珍给了他们买票的钱。柱子千恩万谢，向冯家珍索要地址，说回去就把钱邮过来。冯家珍说什么也不肯，笑着说："就算我支持花棵河的革命斗争，尽了一份力。"柱子也不好再强求。

临行打点行装，花菱子门前来了一个小姑娘，五六岁的样子，左腮长有一块鸡蛋大小的紫薯痣，模模糊糊像一颗不规则的五角星，不仔细看，似有似无。"你是谁？"柱子问。"我是这院里的小主人。"奶声奶气的小姑娘回答。不用说，这是冯指挥的女儿。"你叫什么名字？""我叫卫冬冬。""几岁了？""五岁半了。""你妈妈呢？""我妈妈上班去了。""谁带你玩呢？""我奶奶。"不远处一位老太太正在择菜。一会儿，小姑娘问："叔叔，你能陪我玩吗？"柱子说："冬冬，叔叔今天不能陪你玩了，叔叔要回老家了。""你的老家在哪里？""花棵河。""远吗？""远。""你们那里光有河吗？""不。还有小鱼，小虾，青蛙，小狗，小猫……好多好多小动物。还有驴、马、牛、猪……""好玩好玩，我也要去。""好。等你长大了，叔叔邀请你去花棵河做客。""我妈妈，我奶奶也能去吗？""都去都去。"柱子还没见过这么乖巧伶俐的孩子，满心的喜欢。

狗皮也凑过来摸着冬冬的羊角辫："这么乖的小丫头片子。"柱子说："咱也没有什么给小姑娘留点念想。"自言自语的柱子，目光落在了狗皮正在收拾的行囊上，说狗皮剩下的那一沓小米煎饼你就不用带回去了，留给冬冬她们尝个稀罕。狗皮一听，急急窜到行囊处，像老母鸡护小鸡一样，张开臂膀罩了起来，嘴里一个劲地嘟囔"不可，不可"。柱子劲大，伸手就夺了过来。"恁小气，就几块煎饼。"柱子走到冬冬面前，抽出一个长方形小米煎饼，向她展示怎么吃。

"柱子哥……"狗皮嗓门都变了。柱子不管，抻开煎饼，说："告诉你奶奶，煎饼卷上大葱蘸酱，更好吃，就这样。"柱子演示着。

"哥……"狗皮发出绝望的声调。

哗啦啦，从抻开的煎饼里掉出来三张崭新的钱票。

"这是……"柱子一切都明白了，"这就是你丢的钱！"柱子火冒三丈。

狗皮连忙下跪求饶:"哥,我……我是猪! 我是狗!"

柱子骂:"猪狗不如!"

"哥,俺得攒钱娶老婆啊,呜呜……"

"哼!"

第三十五章

阴历三月，花棵河两岸连翘花开得正旺的时候，车站周遭的樱花也烂漫起来。

三月三，是赵白眼的生日。

往常，赵白眼过生日那是赵家的一件大事。赵白眼非常重视，常常要请花棵河村里有头有脸的人物，一起吃顿酒，乐呵乐呵，联络联络感情。要么来家里，要么去吕馆，多少年都形成了惯例。常来吃酒的有孔效愚、吕掌柜、关敬轩、溪莲老人、丁大头，有一回王半仙也参加了。也不是每个生日，人都能到齐，关敬轩时来时不来的。后来关敬轩失踪，好几年没参加了。日本人烧了赵白眼的院子，家破人亡，连着好几年，他也没有脸面和气力再张罗过生日宴会。再后来，赵白眼东山再起，续了弦——朱红英，伊灵叫她"英姨"。之后，又重新续上了一年一度的生日宴会。今年，一过了二月二，赵白眼的太太朱红英就张罗着三月三给赵白眼过生日的事。

"老爷，今年过生日还是安排在吕馆吗？"

"我说过多少遍了，还叫'老爷'？"

"是，老爷。"

"还叫老爷！改过嘴来，叫'伊灵她爹'，或者就简单点'她爹'。"

"嗯，她爹，今年这生日怎么过？"

"我看，过生日的事，就算了吧。现在还看不清形势。你没见说，外面事事样样都翻了个儿？"

"她爹，依我看，你这生日还非得过不可？"

"怎讲？"

"一来，你也听听你那几个老伙计的意见，看看他们有什么话说。二来，都是多少年的老交情了，万一有个什么七上八下的，你们几个老交情也好把绳子结得牢些，彼此有个照应。这第三呢，也多少让花棵河的老少爷们看看，虽然咱的地、粮食、牲口都让人分了，可咱人还活着，咱家里还有积蓄，活得还有滋有味，还和以前一样滋润。不能叫那些忘恩负义狗眼看人低的小人看不起咱。要让他们知道，瘦死的骆驼比马大！"朱红英也是大户人家的女儿。早年家境殷实，读过书，跟着家里做过生意，嫁给赵白眼之前七挑八拣地错过了择婿良期，后经媒人撮合续了赵白眼的弦。赵白眼老年娶妻，自是喜不自胜，更让他意外的是，朱红英作为一个女人还很有见识和主意。

"依夫人之意，这生日之酒非喝不可喽。"

"非喝不可。"

"那就一切照旧！"

"不光要喝，还要叫上方组长一起喝。"

"恐怕酒菜好做客难请。"

"非叫不可。"

"人家要是死活不赴这个宴呢？"

"他就欠你一份情。"

"夫人高明。"

"若能再叫上你家里的老长工王子柱来,最好不过!"

"夫人此言差矣,按老规矩不是一辈人不上一桌席,何况他以前还是咱家的一个下人。"

"老皇历变了。"

"新皇历才刚开始,你怎么知道一个下人就能折腾成事?"

"他才是将来花棵河的人物,将来能折腾成事的只有他。不信走着瞧。"

"那就破规矩了。"

"规矩都是人定的!听我的没错。"

"哦。叫一个长工来参加生日宴,这在花棵河还是第一次。"

"这破规矩的事,才刚刚开始。"

赵白眼半天没有吱声,他在思忖,这天能变到什么样子。

三月三日天气新,赵白眼家设宴席,一场设计好的生日宴如期举行。赵白眼亲自去工作组所在地邀请方向红来吃酒。

"方组长,辛苦辛苦。来花棵河这么久了,还没有到寒舍一叙。失敬失敬。明晚敝人代表花棵河的乡亲们,在寒舍聊备薄酒,给方组长接驾洗尘,不知方组长肯屈尊赏光否?"赵白眼哪敢说是自己的生日,接风洗尘那是冠冕堂皇的借口。

"你是谁?"方向红问。

"在下是花棵河乡民赵白眼。"

在一旁帮忙的小六子搭话:"他就是赵伊灵的达,花棵河的财主赵善人。"

方向红说:"这位乡党,我告诉你,现在是共产党领导下的新社会了。你说的那一套'寒舍''赏光''接驾''洗尘'这些陈年老词，十分不合时宜，不能再用了。"

"晓得，晓得。"

"组织上有规定，土地改革工作组任何人员不得到群众家里吃请。我们不拿群众的一针一线，不吃群众的一米一粟，这是纪律。这位乡党，请回吧，我不会去，他们谁也不会去的。"

赵白眼遭到了拒绝。

赵白眼想，这共产党的干部真是不一样啊。当时并没有觉得有何尴尬，甚至在酒桌上还夸赞共产党的干部清廉正派。吕掌柜、孔效愚、溪莲老先生、丁大头，还有王半仙、尹大嫂子、朱红英，几个人喝得十分高兴，谈天聊地，东拉西扯，对当下的时局纷纷发表自己的一孔之见。也许是压抑已久的一次释放，也许是一场冥冥之中的最后晚餐，只是当时浑然无人觉。

"几位乡贤芳邻，光临寒舍，蓬荜生辉，不胜荣幸之至。其实，在下过生日只是个引子，召集大家借酒叙谊才是敝人的真情实意。今天大伙儿放开胸胆，开怀大饮，喝他个酩酊大醉。来，在下先敬大家一杯！"赵白眼的开场白依然古色古香。"来，干！""干！"

"来，尝尝半仙兄带来的'枉蛋'毛小鸡。"赵白眼招呼大家吃。花棵河乡俗，死在蛋壳里尚未成熟的小鸡，叫"枉蛋"，骨头很嫩，毛儿似出未出，毛茸茸柔软如苔。整个用油烹过，放好调料，外焦里嫩。好多人家都抢着吃，是个稀罕物。每逢春天孵小鸡时节，是餐桌上的上等佳肴。赵白眼过生日，王半仙没有什么稀罕东西可送，就带来一水瓢的毛小鸡让大家尝尝稀罕。

溪莲老先生年龄大了，嚼不动毛小鸡，只能咂摸点滋味。吕掌柜、孔效愚一干人吃得津津有味。

"半仙啊，有段日子没见你家大小子了，柱子哪去了？本来也想叫上柱子一块来吃杯酒的。"赵白眼问。"那熊玩意忙得很,当了个破贫协主席还以为多大官似的,俺这当爹的都好几天没照上面哩,别说你们。"王半仙嘴里嚼着毛小鸡,抽空说上几句。话里面分明带着几分自得。"你别说,这娃娃小时候在我这里干活,从小我就看着他是个实诚孩子,大了能成个气候。""能成什么气候? 啥时候能赶上赵善人的家产再夸奖那小子也不迟。"

"大侄子不是外出学习去了? 还没回来?"朱红英又问。"早回来了。 谁知道忙甚去了,成天不着家。 找他做什么,不是一辈人,他能上桌子?""半仙大哥,话可不能这么说。 人家柱子现在可是个人物了,翻身做了领导。 我们都得听他的。""屁! 我这当爹的,还管不了他! 还'领导'? 他能领导谁呢? 领导他爹? 笑话!"

这时候孔效愚开了腔:"半仙啊,俺就佩服你那张嘴。""咋的?""你能把死人说活了。""那是混饭吃,你个郎中不也用药说话? 这叫本事。""论家事,搅屎棍子敲断门牙——你照样能硬话连篇。""咋的?""你忘了大小子当初回村不回家,治得你屙不出屎来?""你……"王半仙被噎得满脸通红,大口喝下一杯辣酒权作掩饰。"你这个老效愚,狗嘴里吐不出象牙来,当初要不是你诅咒我小儿子,何至于现在还逃跑在外。""这也能怨俺? 一人做事一人当。 怎么就……""不说这个,不说这个,不翻旧账,咱们喝酒,喝酒。"吕掌柜从中调和。

老效愚喝了一阵子酒,抿抿嘴,说:"半仙啊,我也是为你好。不是我说你,你就是嘴硬,小心王子柱倒打你一耙子。""儿子能倒打一耙子老子?""什么儿子? 是你亲生的么? 想想你拆了东墙补西墙,拾起坷垃砸坷垃那些事吧,柱子可是在九龙山上待过的人。 现在又是……""孔效愚,孔老头,你安的什么狼心狗肺,你这不明摆着挑拨离间俺们父子关系吗？你说，你说点什么不好，非要戳人家的脊梁骨不可。戳人家的脊梁骨，你心里舒坦是不……"王半仙恼了。大家都有了醉意。王半仙借着酒意上前，一个劲儿地要和孔效愚理论。大家纷纷劝住，最后好歹先把王半仙劝回了家。

"我就看不惯他那个胀饱样！"孔效愚还在气头上。"我说老郎中啊，你也积点口德。半仙是个爱面子、好说大话的人，你又不是不知道，这么多年了，以和为贵嘛。"溪莲老先生发了话。

"喝酒，喝酒，甭提半仙了，还是想想咱们自己的事吧，火烧到眉毛了。"吕掌柜说，"你说，这地也分了，牲口也分了，粮食也分了，我的店也封了，这工作组还不走，下一步还想干什么？"

"是啊，按说土地改革完了，工作组也该撤了啊。"在场的人疑惑不解。

"我听说，外村里正搞忆苦思甜斗争会哩。"吕掌柜没敢把"斗地主"三个字说出口，怕戳着赵白眼的心，他这人特敏感。

"斗就斗呗。心里没病死不了人，家中没鬼不用夜插门。"尹大嫂子说话。

赵白眼说："吕嫂子说的是，好人必有好报。咱没做亏心事，不怕鬼敲门。"

尹大嫂子说："老赵可是大善人，从没干过缺德坏良心的事。花棵河的人家哪个都可以为他做证。"

老效愚说："谁说白眼兄弟了？你看你心惊什么？他姨。"

丁大头说："就是就是，不怕不怕。"

谁也没有注意到，溪莲老先生不知什么时候坐在椅子上已经睡着了。突然冒出一句："就怕老皇历算不准新日子，新婆婆瞧不上老媳妇啊。"大家吃惊，其实溪莲老先生是在假寐，人在睡，耳朵在听。

"呵呵，老先生，恁没有睡着啊。人醉心不醉啊。"

几个人喝得正欢，聊得正在兴头上。赵家的狗突然汪汪叫了起来。一帮子人破门而入，闯了进来，为首的是柱子和狗皮，手里拿着长枪。

"几位乡老，到工作组走一趟吧！"柱子说。

"都站起来！跟我走！快，别磨蹭！"狗皮厉声呵斥着。

几个人推推搡搡把人带走了。说是跟着狗皮走，狗皮却故意落在后头，趁人不注意，抓起桌上剩下的几只毛鸡崽揣在了怀里。

第三十六章

"花棵河村斗地主大会"第二天晚上在祈雨殿门前如期举行。男女老少，老弱病残，能来的都到了。黑压压一片。

柱子和狗皮回来后，专门向方向红做了汇报。方向红看了带来的材料，尤其看了图画书，对柱子和狗皮说："你看看，花棵河村太落后了。我们的工作太被动了。现在工作组命令由你们俩负责，最近几天马上召开一次'花棵河村斗地主大会'，要有声势。"

正当柱子不知如何开展下一步工作的时候，方向红提供了一个重要的线索，说地主赵白眼明天在家聚众喝酒，要柱子他们去看看是什么情况。柱子找到狗皮和几个年轻人，一番商量后，才有了捉拿行动。

经过一番询问，知道了主事者是赵白眼和朱红英，就把其他人全放了。

批斗大会上，王子柱向大家展示了赵白眼的日记流水账，并当场烧毁了赵白眼的这份精神财产。铁证如山，又偷偷以喝酒的名义，聚众谋划，居心叵测。批斗会开得有声有色，花棵河又一次走在了圣城的前列。

日记本烧毁的时候，赵白眼当场昏厥。

柱子很晚才回家。屋子里黑咕隆咚的，没点灯。这几天令他心力交瘁，他告诫自己，事事都得长个心眼，否则，个人也不知道会被拨拉到哪里。 就像赵白眼家枣树上的干枣,叶子都落净了,干枣却死死地抓住树枝,任凭风吹雨淋,不能掉下去。 稍有一点青涩,或疏忽,或闪失,或抓不牢,都有可能落到地上,成为别人的口中物。

"柱子,你可回来了。 爹一直虚着门还没睡呢。"王半仙破例划了根火柴,点着豆油灯。

"赵白眼他们没揭发俺吧?""揭发你什么?""俺也去他家喝酒了。""达,咱别添乱了好吧,我够烦心的了。""小,别烦。 那天,达真的也去他家喝酒了。 要不,俺怎么会担心呢。""我和狗皮去抓现场,怎么没见你?""俺又跟他们闹翻了,桌子一掀,先走了。""达,恁吹什么呀,恁能有胆掀人家的桌子?""嘿嘿,俺是想掀来着,被昌掌柜他们拉住了。""那你还担心什么?""达是担心老效愚那张疯狗嘴乱咬人。""恁老有先见之明。 闹翻了,说明恁阶级觉悟高,不和他们穿一条裤子。""中! 中! 是这个理,是这个理。 俺小就是明事理,这就放心了。""恁老以后千万别再乱扯罗事了。""中! 达告诉你,达就是怕赵白眼老财主那一伙翻脸不认人,说达和他们穿一条裤子,给你脸上抹灰,影响你的前程。 嘿嘿,不揭发就好。""赵白眼这次真的是怂了。""怂了?""怂了。 一本'变天账'就把他彻底毁了。""哦。 达再问你个事,那个孔效愚咋着哩?""一起斗了。""斗得狠吗?""也不轻快。""俺小总算替达出了口恶气。""咋说哩?""你看他那个熊样儿,耀武扬威的,净挑拨离间,嚼舌头,俺看着就来气。 活该,斗得轻!""我说达,恁就消停点好不好,别到处煽风点火找麻烦了,周围的人都叫你得罪了,我还怎么开展工作。""达没有,达就是看不惯……"

王子柱一口气吹灭灯,嘟囔了一声:"睡吧。"

"达还有个事,想问问你。""明天吧,我困了。""就一句话。""快说。""你是不是看上赵白眼家的七小姐赵伊灵了?""是又怎样?""看来狗皮这个熊玩意这回不是放狗屁。""街上都知道了?"

"自从你出门回来,狗皮就到处嚷嚷,说你和赵家的闺女早就好上了,马上要娶她当老婆哩。街上的人都传开了。""街上的人都怎么说?""说啥话的都有。""拣主要的。""说……你,说你……癞蛤蟆想吃天鹅肉。""呵呵,不是这话,应该是野兔要吃脆萝卜。"柱子扑哧一声笑了。"小儿咪,你还笑。这事你要掂量仔细。""达,这脆萝卜我吃定了!""那伊灵,从小娇生惯养,细皮嫩肉的,怕是吃不了苦,养不了家。""细皮嫩肉也能晒黑。""他爹是地主。""他爹是地主,她不是。""她是地主的女儿。""地主的女儿也一样上炕睡觉生孩子。""你是纯心气死你达不是?""你不是成天盼着抱孙子好续香火?""快气死俺了。俺睡觉去了。""你就等着抱孙子吧,别瞎操心。""唉——"

月亮偏西,一庭的清辉照亮屋里屋外。王半仙这一问,就像一股凉风一样熄灭了王子柱的睡意。他在心里颠来倒去抚摸着一句话:"狗皮够兄弟,够兄弟。"看来狗皮忠实地执行了他的授意,街上的人说三道四,正是他所要的效果。他开始有一种说不出的喜悦,似乎有一种快要煮熟鸭子的香味缭绕着他,诱惑着他。

就在过去的这个下午,柱子推说家里有事,一个人偷偷跑到城里,抓回了三服专治跌打损伤的草药,外加两打膏药,包好带回村。现在就放在他的枕头底下。他没有去孔效愚的药店。他怕那个老奸巨猾的家伙识破,他知道老效愚的眼神毒,你就是穿着三层衣服,他也能看见你腋窝下的黑痣。事不迟疑,柱子披衣出门,拎上草药和膏药,一个人悄悄摸到赵白眼的院落外面。赵伊灵的屋子里没有灯光。瞅瞅四周,黑咕隆咚,没有人知道,他偷偷把三服中药和膏药放在门楼里,转身轻手轻脚地离开了。

"但愿她能明白一个九曲肝肠的苦心人。"他心里说。

赵家的狗叫了几声,又停了。夜深人静,黑暗扯上无边无际的天幕。街上死一样的沉寂。

方向红对柱子在批斗会上的表现显然是满意的。他不但在不同的场合表扬了王子柱，还把花棵河斗地主的事迹让工作组整理成典型材料上报到县里。县里很重视，又批转作为典型经验分发到各个乡镇作为学习批斗地主的参考。方向红把头功记在了王子柱头上。方向红说，王子柱觉悟高，"变天账"抓得准，根子挖得深，彻底摧毁了地主阶级的心理堡垒，值得嘉奖。

方向红的嘉奖，王子柱还没捂热，就又给方向红出了道难题。几天后，留着小分头、戴着圆形眼镜的方向红知道了王子柱要娶赵伊灵为妻这事以后，大为光火。他没想到王子柱这样不谙世事。他把柱子叫到工作组，严肃地告诉他，这是原则问题，前途问题，不能感情用事，不要因贪恋美色而毁了自己的前程。

柱子吭哧了半天，喃喃地说："我有什么前程？我王子柱就孤儿一个，没有爹没有娘，没人疼没人爱。翻身做了主人，托大救星的福，能娶上个媳妇就谢天谢地了。"方向红苦口婆心，说："花棵河有的是像连翘花一样的黄花姑娘，你就喜欢那枝烂泥巴里长出的石榴花？现在不是过去，不愁娶不上媳妇，只要栽下梧桐树，还怕没有凤凰栖。只要把村里工作搞好了，大丈夫何患无妻？你倒好，神使鬼差，喝了迷魂汤似的，非要娶地主家的小姐不可。"柱子说："地主家的小姐怎么了？要搁过去，我这孤儿能娶上地主家的千金，那叫癞蛤蟆吃天鹅肉。这不是解放了吗，咱翻身做了主人，怎么就不能尝尝天鹅肉的滋味？"

方向红拗不过他，心里凉凉的。看着王子柱一本正经煞有介事的样子，语调降了八度："王子柱，按说你想娶谁当老婆，也不关我的事，也不是我分内的工作。我苦口婆心地劝阻你，也有干涉你婚姻自由的嫌疑。我今天不是作为工作组的领导跟你说话，我是作为你的兄长、老大哥来劝劝你。不为别的，就为我全力培养你将来做花棵河的掌舵人，你也该好好思量思量。一个贫协主席娶了地主家的大小姐，这说出去打脸啊。"

"方组长真心为我好，这份心柱子领了。我是铁了心啦，赵伊灵是我桌上的菜。将来是好是坏，我一人担。"方向红摇头似拨浪鼓，无奈地说："柱子啊柱子，你真是朽木不可雕也，狗肉上不了桌！"方向红是个文化学生出身，他说的话斯文里头夹杂着粗鄙俚俗。王子柱只听懂一句"狗肉上不了桌"，就明白了个大概。

第三十七章

赵伊灵已经连续三次没有去夜校教课了。王子柱不知道她是病了，还是因为家里出事了，闹情绪罢课了。他拿不准，更不好直接去她家探问，就叫狗皮作为探子前去赵白眼家问个究竟。狗皮回来说，家里没有赵伊灵，只有奄奄一息的赵白眼和朱红英。王子柱心里咯噔一下，难道离家出走了？还是跑到亲戚家躲着了？王子柱想了一圈，也没想出一个赵伊灵的亲戚。等了几天还是不见赵伊灵的影子，心里不免担心起来。王子柱于是招呼狗皮一干人四处寻找赵伊灵的下落，也是无果。

就在大家四处寻找、猜疑纷纷的时候，赵伊灵忽然回来了，而且径直约了王子柱到花棵河青龙桥下见面。王子柱不知赵伊灵怀了怎样的心事，但一颗悬着的心总算放下。

"来了？"夜里，王子柱鹰眼一样立马捕捉到桥下熟悉的身影。

"……"

"这几天你都跑到哪去了？"

"……"

"让一村的人好找。大家都等着你上课呢。"

"……"

"你说话呀，哑巴啦。"

"你……饶……了我爹吧，他快死了。我……嫁给你就是！"

赵伊灵猛然蹲下身，嚎啕大哭。

"不是……你……这是怎么说？ 你……你……批斗你爹……和你嫁人……这是两码事。"王子柱一时手脚无措，语无伦次。

"算你狠，我嫁你就是了，只要你能放过我爹。"

"斗不斗你爹，也不是我一个人能说了算的。 嫁不嫁我，这个可是你自己当家。"

"只要我爹没事，嫁你就是了。"

"看来你不是心甘情愿的，是为了救你爹才肯嫁给我的。 唉，可怜我这十几年一片苦心，都喂了狗。"王子柱有些委屈，险些掉下眼泪来，他使劲控制住，腔调才没有变音。

"王子柱，少给我耍嘴皮子。 你要是真心对我好，就别再耍心眼，使绊子，把人打哭了，接着又把人哄笑了，别玩那套猫逮老鼠的把戏了，有意思吗？ 从小到大，我算看走了眼。 原以为你是个老实巴交的人，没想到你这么有心计，装猫变狗，真有一套。"

"你抬举我了，妹子。 看你说的，把我都说成了老戏里唱白脸的奸货了，我哪有那么坏？"

"你的心思我全懂。 让狗皮放风埋汰我的是你。 带头翻我家账本的也是你！ 你早就准备好了杀手锏，给我爹下套。 早就织好了暗网，让我往里钻。 那天三更半夜里，你到我家门楼给我爹送药，我就躲在角落里，全看到了。 真难为你费尽了心机。"

"啊？ 那晚你看到了？"

"别再折磨我们一家人了。 我颠来倒去，想了又想，你是不会放过我的。 你打从小就瞧上了我。 这就是孽缘，就是命。 你是我命中注定的冤家。 我现在没有什么好抱怨的。 想通了，我嫁给你就是了。 也只有我嫁给你，我的心才免受煎熬，我那可怜的家才能清静一点。"

"伊灵，我的心事你明白，咱俩从小在一起，也不是一天两天了。 斗你爹，也不是我最初的想法。 在那种形势下，我也没法子。你想，我和你爹，何冤何仇，哪来这股子冲动，非得你死我活？ 可话说回来，你就是嫁了我，咱们两家成了亲戚，我也难保你家不受伤害。 我几斤几两，你还不知道？"

"你能斗我爹，就能护我爹！"

"……"

良久，伊灵说："王子柱，我想通了嫁给你，就想和你一辈子好好过日子，你不能欺负我。"

"我早就说过么，你早晚是我碗里的菜，只有我能吃，别人没那福气。 嘿嘿。"

"你得对我好。"

"那得看碗里的菜合不合口味。"

"合口不合口，只能吃这一碗菜。"

"我答应。"

"我还有条件。"

"说么。"

"我得明媒正娶，你得正经八百地把我娶过去。"

"这个自然。"

"过几天叫你爹找媒人，上门提亲。"

"俺今晚就去叫站前的崔婆子，明天就办这件事。"

"我爹不能白养活我这么多年，我得要彩礼，六六三十六样儿，一样也不能少。"

"这……"

"还有，结婚仪式要按花棵河的老规矩办。"

"这都新社会了……"

"八抬大轿，披红戴花，唢呐吹打，抱鸡燎轿，四男四女，伴郎伴娘，绕着花棵河走一圈，一道也不能少。""好好。 我都答应你。"

"还有拜天地，拜父母，喝合卺酒，入洞房，婚后回门，押红包，一件也不能省。""你想折腾死我？""谁家的黄花大闺女能那么轻易让你娶到门？""我答应你就是了。""一言为定？""一言为定！"

"给！"皎洁的月光下，伊灵利索地掀起夹袄，抽出系在腰间的红腰带，递给王子柱。"我把心系在你腰上了，你可要珍重。"伊灵说。朦胧中，柱子看见伊灵露出的半截雪白肚皮，身上瞬间有种触电的感觉，麻麻的，痒痒的，钻心的撩骚。他猛然扑上去，伊灵早转身走了。"还没亲个嘴呢。""留着你的嘴，慢慢吃菜吧。"

月光弥漫在花棵河上，一点风也没有。空气里有一种甜甜的茅草根一样的味道，王子柱不闻也是醉了。花棵河的连翘花该是快败了吧，柱子心头的花才开始出骨朵。月光朦胧中，花棵河河中央，王子柱分明看到一条红嘴灰身的大鲤鱼领着一群各色的鱼，在河面上上下舞蹈。一会儿上，一会儿下，一会儿左，一会儿右，交叉、翻腾，煞是欢欣鼓舞，自由自在。鱼儿为谁舞蹈？为我！柱子好生高兴。

"这该不是晚爹放生的那条鱼的子孙吧。"柱子自言自语，"好人必有好报。"

王子柱应酬完喝喜酒的人散了场才来到洞房看望他的新娘。他已经醉了，脚步有些站不稳，趔趔趄趄，东倒西歪。烛光摇曳，满屋的红艳，火烧一样地热，即使不喝酒也能醉八分。

"伊灵……伊灵，你看这是什么……这是什么……"柱子跟跟跄跄，手里挥舞着一条割去一半，血一样红的红纱巾。"你的……你的……红纱巾……日本人……想……我……一直藏……在身边……今天还给你……我的心……"柱子醉得不轻，满头大汗，结结巴巴，说不成句。

伊灵认出了那条红纱巾。王子柱一直珍藏着，这让伊灵深受感动。王子柱一直惦念她，她早就感觉得到，但没想到他这么执着痴情，一根筋走到底。她眼里噙着泪，起身去给柱子濡湿了一条毛巾，擦了擦脸上的汗水。

柱子在床边睡着了，手里仍然攥着那条残缺的红纱巾。伊灵泪如雨下。收起红纱巾，小心翼翼地用湿毛巾拭去柱子脸上的汗水，和衣依偎在柱子的胸前。

第三十八章

　　麦收季节，叶子绿了，杏黄了。花棵河两岸的连翘蹿出长长的枝条，长出肥厚的叶子，丰茂得像一个个俊朗少年。河水清清，沙石见底，刚刚孵出的鱼虾在河水里自由自在地游弋。布谷鸟在连翘丛中叫个不停，提醒着人们火热的夏天将要到来了。

　　赵白眼家的石榴花儿开得红艳，满树的红喇叭争相伸向院墙外。方向红率领的土地改革工作组离开了花棵河。花棵河斗地主的活动暂告一段落，大家都忙着准备麦收。村里的人收拾骡马耕套、车辆，准备镰刀、杈耙、扬场的木锨，整平麦场，从水井里打上水，泼匀了，滋润过，撒上往年的碎麦秸。整平后的麦场坚硬、光洁、铮亮，再碾麦子，一点沙土也不沾。麦收一季，可吃一年，庄稼人不敢怠慢。

　　朱红英从集市上买来二斤黄杏，招呼赵伊灵吃。喊了几次，伊灵没回应。伊灵时常住娘家，朱红英有个伴儿，煎熬的日子里两个女人互相慰藉。两人相处得不错，因为两人年龄相差不是很大，又都读过书，几乎成了无话不谈的好友。伊灵也没把朱红英完全当长辈来敬着，甚至还有点好姐妹的亲近之情，因此也就心扉大敞。

　　伊灵坐在窗前备课，郁结的心事让她不自觉地叹气，时而望着窗外的石榴花儿出神，心中郁闷只能靠暂时的躲避来化解。

　　"伊灵，刚摘下来的黄杏，快来尝尝。"朱红英端着一碟洗好的杏来到伊灵的桌前。"我不吃,英姨,太酸。""太酸? 你还没开始吃酸?""……"伊灵的脸红了。"这么说,你还没有喜?""我……"伊灵被问得腮帮子发烧。"那就是还没怀上。 按说这都结婚好几个月了,该开始想吃酸了。 肯定是还没怀上。"朱红英盯着伊灵的肚子,眼珠子一直打转,看得伊灵浑身不自在。"告诉姨,怎么回事? 你们不想要?"伊灵哪好意思开口。"告诉姨,到底是咋着啦,姨好给你出出主意。""英姨,你就别操心了。""你这是说的什么话? 信不过姨是吧? 我是不能要了,你爹老了,没办法。 你年纪轻轻的,早养孩子早得福,你爹还盼着抱外孙呢。"经不住朱红英的再三询问,伊灵磕磕绊绊地说出了实情。

"原来是这样。 你看姑爷当初斗争会上那个厉害样,谁能想到他竟然是这样? 是个男人没有不行的啊,古书上说的银样镴枪头该不是轮到我们姑爷身上了吧。"显然,朱红英骨子里还在记恨柱子当初对赵白眼飞踹的那一脚。

"英姨,你可要保密啊。 千万! 这种事要是传出去可是要了他的命! 他那么好面子的人。"

"一拃不如四指近,姑娘还是护姑爷。 你放心,伊灵,只允许别人不仁,不允许咱们不义。 我替你保密。"

"英姨,我把什么秘密都告诉你了,你说这可咋办呀?"

"这是咋的落下了这么个病,得治! 你没去老效愚药铺里抓几服药吃吃。"

"这种事,我一个女人家怎么好意思开口。"

"也是,你个刚结婚的小媳妇,怎么好意思开口说这种事。 再说,这种事,知道的人越少越好。 依姨看,解铃还须系铃人,还是叫姑爷一个人到老效愚那里看看,吃几服汤药试试。"

"我听姨的,回去就劝他。"

"放心,听姨的没错。"

还是朱红英大几岁。心中自有一杆半斤八两的准秤，她偷偷跑到老效愚的药铺，把姑爷的不中用给这个乡村郎中抖搂了个全部。老效愚也是看在他和赵白眼多年的交情上，又是看着伊灵长大的，于心不忍，也就答应了朱红英的嘱托，并思忖着到时候对症下药。在花棵河，赵家和孔家一向交好。祖祖辈辈几代人，从来没有红过脸。"侄女不幸，我这当叔的理应帮忙，别说俺孔家在花棵河行医多年，没让人说出个不字，就是外人，我也是尽心尽力，何况是大侄女的事。放心，放心小嫂子。"孔效愚满口答应，送走朱红英，转过头来，嘿嘿两声，说了句"王子柱，这回你可是落到了我的手心。"

在花棵河，细数起来孔效愚家也是体面的乡绅门第。他家本是外姓，不姓孔，是世袭衍圣公赐姓而得以光宗耀祖的。哪年哪月，何因何由，已无确考。反正在清代嘉庆年间，老效愚家就有上百亩良田、几十间的房院，光为他家打短工的帮手就有十几号人。溪莲老先生说，查老效愚家的族谱，从明代洪武年间开始走鸿运，累积下来，他们家光进士有十余人，秀才不计其数，做到县太爷以上官的孔姓子弟就有五六个！到了老效愚这一支不知为什么家道中落。他的祖父以行医为生，他的父亲不过是个末代老秀才，赶上了民国，无缘科举，也就在村里开了一家药店，终老乡里。老效愚子承父业，做了个乡间郎中。

老效愚的医术颇为高明。头痛脑热、感冒发烧、肝火上升、脾胃不调、消化不良、小儿妇科、疑难杂症等，老效愚都能有个处置的办法。有的小毛病，老效愚并不用切脉，只是瞅瞅神色，看看舌苔，就断定个八九不离十，然后笑嘻嘻地说："没事。回去多喝点姜汤，加点葱须，趁热喝下，发发汗就好了。"或者说："上上热敷，让你老婆把你摁到床上敲打敲打就行。呵呵……"打发人了事。有的三服中药下去，药到病除；有的要一而再，再而三，不断地调换药方，吃几十服乃至上百服方能奏效。有的不治之症到了病入膏肓的地步，老效愚总是沉吟良久，神色凝重，半天不说一句话。 病人的家属沉不住气，一遍又一遍地问："大夫，怎么样啊？"老效愚瞪一瞪眼，还是沉默不语。 等他心中有数了，只一句："收拾收拾回去吧，想吃点么，就吃点么吧。"病人家属再刨根问底，他就有点不耐烦了，丢下一句："不信？ 到别处看看？"再不理你。 人们明白，老效愚用心何其良苦啊。 小病小灾，土法上马，用点民间验方就能解决问题。 能治的病尽量去治，哪怕几十服乃至上百服的中药上阵，也要攻克顽疾。 真是到了不治之症，天命难违，人力无奈，也不要花那个冤枉钱了，免得人财两空。 老效愚为贫病交加的花楝河村民们能多省个钱是个钱啊！ 能省一点是一点。

可是，今天遇上了王子柱。

王子柱是在夜深人静孔效愚快要关门睡觉的时候来的。

"叔，俺来看看症候。""天这么晚了，明天再来吧。""叔，等不了啦，急症。""啥急症？ 柱子主席。""叔，恁就别打趣俺了。 啥主席啊，就是个营生。""哦，营生把你累着了？ 到底是啥症候？ 说吧。""叔，恁给俺把把脉就知道了。"孔效愚伸手把脉，又看了看舌苔，慢条斯理地说："没事啊。""叔，有事。""啥事啊？""叔，恁把脉把不出啊，再把把……""我说柱子啊，中医讲究个望闻问切，这切脉是最后一关。 我也望了，你脸色红润，苔厚且赤，气足神盈。 我也闻了，声朗味甘，殊无异味。 脉象上有些阴虚火旺，肝火上升。 就剩下这问了，我问你什么，你必须如实回答什么，你不说，我怎么对症下药？ 说说啥症候？""就是……就是……叔，不问不能开药方吗？""看你这人说的，不问怎么开药方？""就是……""就是什么？""就是……""王子柱啊王子柱，什么时候变得这样吞吞吐吐了？ 你那个风风火火劲儿哪去了？""就是……我和我媳妇不能办床上的事。"老效愚透过厚厚的眼镜片，眼神里掠过一丝不易觉察的笑意。"是男的不行，还是女的不行？""我……我……是个骡子。"

"你？ 谁信呢，壮得跟牛似的，厉害得像老虎，怎么是骡子？""就是……就是……叔，恁就别折腾俺了，恁心里其实啥都明白。""明白个头！""叔，恁就戏弄俺了，俺向恁告饶。""哼。 转过去，把裤子脱了。"柱子不动。"还磨蹭个啥，转过去，脱了啊！""不看不行吗？""脱！""恁就别用秤杆来回拨拉了，老叔饶我。""两个大男人，怕什么。""叔，没啥毛病吧？""病得不轻。""啥毛病？"老效愚不语。"能治吧？ 叔。"还是无语。"叔，我还有救吗？""你是想听真话，还是听假话？""真话真话。""说真话，叔治不了。""叔，你得救我啊——你得救我啊——叔！ 我这好不容易娶上媳妇，俺爹还盼着有个后呢。 老叔救我。""哈哈——小子，你这是得的心病！""心病？""以前受过惊吓，落下的病根。 你就是吃一万服中药，心病不除，啥也没用。""老叔救我，我做牛马回报老叔。""以前折腾得太厉害了？""是。""还折腾不？""不敢了。""伊灵，你不稀罕？""稀罕稀罕！ 俺放到嘴里都怕化了。""不用这么稀罕。 越稀罕越不中用。""是。""不想年底抱个大娃娃？""做梦都想。""这事传出去害怕人家说笑话，怕当话茬儿不？""怕。 怕得要死。""害怕是吧？""嗯。""你还害怕？ 害怕你就想想小时候刘罗锅怎么教你的！ 驴马怎么配牲口的！""啊？""好好向赵白眼的驴马学着点。 你看你，壮得像驴马，没点驴马的钢性子！"

王子柱被孔效愚抢白羞辱了一番，非但没恼，反而心里舒坦了许多。

"叔，还用开药不？"

"再好的药也治不了你的心病。"

"叔，俺知道了。 谢了叔。"

"别把伊灵当神仙一样供着，她就是你老婆，是老天爷专门送给你生儿育女传宗接代的婆娘。"

"知道了，叔。"

"拿着这个方子，到县上药店里抓上。"

"刚才，叔不是说不用吃药？"

"我说吃药治不了心病。这个就是个引子。"

"知道了，叔。"

"慢，柱子，麦收后，我就不用陪榜挨批斗了吧？"

"叔，那得看我的心病好了不？"

"你这个王八羔子，还没过河就要拆桥！"孔效愚恨恨地骂道。

王子柱又把腰挺直了，像个刚会打鸣的小公鸡，昂头出门去了。

恰巧老效愚家的老公鸡这个时候"鸡哥哥，鸡哥哥"地叫了起来。离天亮还有好几个时辰，这深更半夜的打得什么鸣？王子柱忽然感到一阵莫名的惊喜，通体的热血开始涌动。他意识到自己也该到半夜打鸣的时候了。

第三十九章

一声啼哭打破了花棵河黎明前的寂静，一个小生命来到花棵河报到。伊灵生了个胖小子，六斤六两，虎头虎脑，和他爹一样，一个模子刻出来似的。王半仙喜极而泣，跑到娘娘庙里一再磕头还愿。王半仙翻遍了家里仅有的两本老书，要给孙子起名字，扒拉了半天，也没找到一个合适的字。柱子说，看孩子长得虎头虎脑的，就叫虎子吧。伊灵没意见，传到赵白眼耳朵眼里，回过来的话是，孩子本来长得就有虎气，名字太大，怕太冲，生下来就六斤六两，六六大顺，不如就叫顺子，顺顺利利。柱子听了，把嘴一撇，说："孩子姓王，又不是姓赵，他外姓犯不着给王家孩子起名，就叫虎子，虎虎生威，虎气冲天。大名就叫王晨虎，早上生的嘛，就按这个上户口。"王半仙没敢吱声。伊灵倒是有些不悦，说："人家他姥爷就是建议，又没强逼着你叫顺子，看霸道的个你！"柱子说："王家的事，王家说了算。他若是这个意思，这个建议，俺不同意。"伊灵说："不同意拉倒，爱叫啥叫啥，谁还愿意管这闲事？"王半仙一看年轻的小两口要拌嘴，早就知趣地跑到一边喂鸡去了。

虎子的满月酒还没喝，王半仙家又有喜事临门——王子柱选为花棵河村第一任村委会主任。双喜临门，王家院子里祥云笼罩。

"都是你小子带来的好运，你小子是咱家的福星啊，咯咯咯——"柱子一张荷叶一样的大手托着虎子，另一只手点着虎子的鼻子逗乐。

"才多大的孩子，小心折了腰？"伊灵过来接过虎子。

"是只老虎，你就得放养。成天娇滴滴的，大了怎么咬人？"王子柱嘴里嘟囔道，依然瞅着虎子发笑。

赵白眼把一本崭新的线装版的《论语集注》拿过来让外孙当枕头，说是赵家老辈传下来"真经"，孩子枕了古书，长大了就有学问，就爱读书，能有出息，能考状元，升官发财。柱子发现了，问："这是什么劳什子，不把我儿的头枕扁了？"抽出来就要扔掉。伊灵伸手夺过来，又重新枕在虎子头下。"这回我可不依你了。宁可信其有，不可信其无。再说，小孩子枕个硬硬的东西，也能把头型长得好看些，别再像你，大扁瓜梆子头。""你就是枕，也找一本软和一点的书枕上，这硬邦邦、满篇黑压压的老字，不把孩子累死。""就枕这个了。你没听说半部《论语》治天下吗？没文化。你睁眼看看，这是一整部，我儿长大了能治世界哩。"柱子扑哧笑了："这个可以有。"柱子不再争执，他知道自己文化浅，争不过伊灵，由她去吧。

秋天到了，王半仙沿街串户去收赊小鸡的账，带了一筐箩用洋红染了的红鸡蛋，收账的时候就送给人家红鸡蛋吃，说是"分喜"。

"王半仙，你不攒着孵小鸡了啊，煮那么多红鸡蛋？"

"分喜分喜。当爷爷了，俺抱孙子了。"

"王半仙，听说你儿子当上村主任了，你还赊小鸡卖啊？"

"他婶子，村主任算个啥品的官啊，芝麻粒儿大小，又没官饷。还得靠我这老汉赊个小鸡卖，挣个油盐钱贴补家用。"

"说的也是。"

"半仙兄弟，你儿子都当上村主任了，你还沿街赊小鸡，不怕人家笑话你，给你儿子丢人？"

"笑话个啥，自己的日子自己过。政府不也号召大家自力更生吗？"

"半仙兄弟有个当村主任的儿，这觉悟就是比咱们高。"

"我也是瞎掰扯，到什么山唱什么歌呗。"王半仙笑笑，收完账就往家走。

回家的路上遇见亲家赵白眼和朱红英。"亲家，你这是到谁家走亲戚啊？"王半仙心里有喜事，憋不住，忙不迭地先向亲家打招呼。天色已黑，王半仙见两口子手提肩挎，行色匆匆，就猜到了几分，一定是去看闺女，但他就是不去说破。

"亲家，不是我说你，你说这都是什么事啊，闺女坐月子，都不叫娘家人送粥米。你说你这爹是怎么当的？"朱红英十分抱怨地说。

王半仙有些尴尬。这事他一直纠结。王子柱在伊灵还没坐月子时就有言在先，伊灵生了孩子，不能让赵白眼来送粥米。王半仙说："天下哪有这样的事，孩子是从石头缝里蹦出来的？孩子就没有个姥娘家？柱子你打听打听，走遍天下哪有生孩子坐月子不让娘家人看月子的！""爹，你能不能转一转你那花岗岩脑子，虎子不能一生下来就有个带成分的姥爷。""带不带不都是摆在那里的吗？你不让他来送粥米俺孙子就没有个地主家的姥爷？想不带，谁叫你当初非要成这门亲戚呢？""我正寻思着让伊灵和他断绝关系呢。""打断骨头连着筋，你想断就能断了？""爹，恁就别瞎掺和了。婚是我结的，孩子是我的，这粥米不许送也是我立下的规矩！""嗨！你气死俺算了。"王半仙不敢再强辩，现在是儿子当家。

"王半仙，今天我叫你一声亲家，是因为我闺女嫁给了你儿子"，王半仙回过神来，知道是赵白眼开口说话，"我们两家十几年来虽然一直磕磕绊绊，但也都平平安安地过来了。今天我们两家成亲戚了，怎么反而走到了老死不相往来的地步？"

"亲家，你就委屈一下，俺是拗不过那个祸害。"王半仙只好觍着脸一个劲儿地赔不是。

"这个委屈谁家能受得了？普天之下哪有这档子事，女儿坐月子，不让娘家人进门看月子。碍不着，你们现在发达了不是，俺们攀不上了不是？攀不上当初别娶俺家的闺女啊。是谁八抬大轿上门娶的亲？是谁六六三十六色大礼送上的门？"朱红英嗓门越来越大，唯恐别人听不见，大有得理不饶人的架势。

"亲家，小点声，家丑不可外扬。"王半仙一个劲儿地劝解。

"王半仙啊王半仙，你也知道这是你的家丑啊。我今天把话挑明了，我们今天就是去你家看闺女。再怎么说，这树有根，水有源，虎子也有我们赵家的一半血脉，你们再抹和，这血脉也断不了。虎子大了该怎么叫爷爷的，就怎么叫姥爷。"赵白眼厉声说道。

"亲家说的是。这根儿断了，树就活不了。这水断了源，河就干了。只要柱子不在家，你们偷偷来看就是。"王半仙巴不得赵家天天来看闺女，米呀、面呀、蛋呀、糖呀源源不断地从赵家流到王家。

"亲家公，瞧你这话说的，我们来看闺女和外孙还要偷偷摸摸的！我们明天还来，就要光明正大地来，大白天来！伊灵她爹，咱走！"朱红英拉着赵白眼要走。

"亲家，这里还有几个红鸡蛋，带回去吃！"王半仙转头偷偷地笑了。

赵白眼两口子理也没理王半仙，兀自走了。

朱红英也就是在气头上说说而已，其实他们一次也没敢光明正大，大白天里，堂而皇之地去柱子家看过闺女和外孙。她也知道，那都是气话，无非是想给王半仙施压。

"其实，给王半仙施压有什么用呢，他能拗过王子柱？"赵白眼苦笑着说，"你不过是发泄发泄而已。""发泄发泄也好，这日子，憋得叫人喘不过气来。"朱红英说。

常常是这样，由王半仙报信，朱红英侦查好了，趁王子柱不在家、赵伊灵上课去的时候，赵白眼才享受一次天伦之乐，放下东西，看几眼外孙，悄悄别去，好在王子柱村里事情多，成天忙，难得有在家待一袋烟的工夫，也没发现其中蹊跷。

　　日子过得飞快。伊灵不生则已，一生就是一群。以后几年里，又生了一男一女。老二起名叫豹子，中午生的，起大名叫王午豹。老三是个女儿，叫连翘，生的时候花棵河两岸连翘盛开，大名叫王翘楚。

后记：我写《花棵河》

我年轻的时候做过作家梦。大学毕业后做中学老师，曾不自量力地写过一个中篇小说《天鹅的童年》，是写落后的农村教育题材，很粗糙，不成样子的那种。我的大学恩师孟蒙先生一字一句地看过，并写下了好几张纸的修改意见。我看了后有些气馁，认为自己不是写作的料儿，连修改的勇气也没有，只好把它束之高阁。后来读研究生，正是山东籍军旅作家莫言《红高粱》火得一塌糊涂的时候，就又想来凑热闹，把原来的中篇大幅砍伐，重新修改了一遍，经朋友介绍，不承想竟然在一家名叫《世纪潮》的大型文学刊物上发表了。这激励了我，两个星期的时间操刀写了一个中篇小说——《未了情》（又名《青果》），有四万多字。当时我很自信，投了几家有名气的文学刊物，结果都石沉大海。再投，还是有踪无影。一而再，再而三，一直没有回音，我也就死了心，不再寻摸着当作家的事儿。

几年后，我从高校调到了出版社工作，日夜和文字打交道。父亲、大姑和亲近的几位年长者的先后去世，情动于心，写了几篇怀念文章，用春秋笔法，有什么说什么，想怎么写就怎么写。朋友们看了，觉得有真情实感，文采也不错，很有可读性，就鼓励我拿去发表。文章发表后反响还不错，于是便一发而不可收拾，陆续写出了一系列纪实性散文，起名叫《村居笔记》。后来悉数收在我的散文随笔集《鸿爪鳞羽》中，2010年，由山东画报出版社正式出版。

散文集出版后，自然是关心、关注、关爱我的人看得仔细，读得明白，尤其是和我有着相似经历的朋友对其中的"村居笔记"部分特别感兴趣，引起共鸣，多次建议我，何不把里面的人物连缀起来，确定一个中心，编织完整故事，写成一个长篇小说，也许更有分量和文学价值。要不是这些从乡村走出来的"都市乡下人"朋友们的点拨和鼓励，我还真没有写长篇小说的胆识和气魄。恰好这时候，我的工作有了变化，从一线岗位上退了下来，实现了支配时间的自由。于是，我就沉下心来开始构思，从主题到人物，从情节发展到人物关系设置，从结构谋篇到叙事方式的选择，有了大体而明确的预设，就开始动笔创作。

我想，我还是应该从我最熟悉的人和事写起，经纬故事、设计人物才能顺理成章。果然，不下笔则已，一下笔，就一发而不可收拾。就像家乡童年的花棵河一样，汹涌澎湃，汨汨滔滔，一年四季不曾断流。小时候见过、听过、经历过的人和事，几十年观察过、思考过、面对过的是与非，真与假，善与恶，美与丑，一股脑全呈现在脑海里，流淌在笔下。哪里还用什么有意设计，哪里还用胡乱编造，哪里还用得着想象和模拟、推演，顺着汨汨滔滔的思路和跌宕起伏的情节，写得特别顺畅。有一段时间，我像着了魔一样，一天写上万字，也不觉累，一天吃一顿饭，也不觉饿。要知道，我这人不敏非慧，几十余万字的体量，是用搜狗简拼法，一个字一个字地在键盘上敲出来的。可怜的，害惨了我近视的双眼和原本就曲度变直的颈椎。

但凡小时候在农村长大的人都知道，谁家的村头没有一条河或湾，或大或小，或宽或窄，或曲或直，或碧水荡漾，波光粼粼，或涓涓细流，弱水涣涣，童年的一切就全拴在这样一条河或湾上了。谁的童年没有和河水打过交道？下河戏水，捞鱼摸虾，与河有关的一切——河草、河沙、河柳、鳖蟹、泥鳅、水鳝、河贝、水蛇、蜻蜓……成了童年生活不可或缺的底色。我虚构了这样一条母亲河，她的名字叫花棵河。她的儿孙，祖祖辈辈就生于斯，长于斯，悲欢离合，生老病死就发生在这里。

花棵，肯定是花，有花。什么花？连翘花。你想，在火车站桥与河相交的河两沿，每到清明时节，翁翁郁郁地开满了鹅黄的连翘花。因为有河水四季滋润，连翘枝长得异常茂密粗壮，枝枝杈杈上的黄花也异常地葳蕤，一排排，一串串，艳得让你眼盲，灿得让你心醉，黄得叫你窒息。村野匹夫、老妪稚童不知道连翘的学名，就通俗地叫"花棵"，那河自然就叫它"花棵河"了。

一条花棵河承载了两岸人祖祖辈辈，世世代代，多少的故事和传奇。

我小时候就听人讲，1941年的冬天，人称"飞毛腿"的扈大娘，领着一帮老娘们扒日本人的火车，就是从过河的洋桥上纵身跳下的。"可惜啊，那个冬天那个冷啊，那个冰结得那个厚啊，要不然，怎么摔残了我这飞毛腿！"老了的扈大娘拍打着瘸腿，一遍又一遍地总是埋怨那个冬天的冷和冰结得厚。河岸边的人家都知道，"飞毛腿"扈大娘多少次扒日本人的火车，都是从河里溜走的！

犹记得小时候一个大雪封门的除夕之夜，教小学算术的孔老师和他的面白如玉的裁缝老婆辞别父母，踏过故乡河上的青龙桥，在老家火车站登上了开往东北的列车，闯关东，当盲流，寻找别样的生活，再没有回来过。那天河岸边的人家过年的饺子还没煮熟，鞭炮还在噼里啪啦响着。村里人没人知道他们的决绝和去向。第二天拜年，方知人去屋空。我想，孔老师临登车的那一刻，一定心情复杂地回望过冰封的故乡河，一定一再眺望过在风雪中摇曳的连翘枝，一定是眼里噙满了眼泪。

也是一个寒风刺骨的冬天，夜黑风高。"能人"抹子叔要离婚，在寒风中交给错娶的媳妇一沓子一元的纸币，作为离婚的损失费，那是抹子叔作为乡下文化人唯一想到的、能做的一点补偿。不承想被离婚的媳妇一扬手全都撒到了冰河里，花花绿绿，纷纷扬扬，孩子们争先恐后地满冰河乱抢。

……

故乡的河一年四季，川流不息，从未间断。河岸边人家的故事翻陈出新，代有新传，也从未间断。我太熟悉那些发生在河岸边人家的故事了。我有责任把它的故事一一记录下来，满含深情地讲好一代人的记忆。这就是我创作《花棵河》的初衷和缘起。

小说的主要任务是通过生动的故事情节来塑造血肉丰满的人物形象。通过一系列的人物形象来实现小说的主旨，作家的意愿。小说中的王子柱是我着力刻画的主要人物。印象中，在乡间，有一种"能人"是神一样的存在。他干事果敢，料事如神，敢作敢为；想做事，能做事，不怕事，也能成事。每逢大事有定夺，神闲气定，不急不躁，运筹帷幄，一定能得到想得的结果。遇见坏事、难事，更是神机妙算，出奇制胜，逢凶化吉，难事不再为难，坏事变成好事。一个人，领着上千口子的村民，无论遭遇什么样的风口和折腾，经历什么样的人和事，他从不退缩，没有恐惧，更没有躲避，没有抱怨。或顺水行舟，或迂回盘旋，或搏流击浪，或潜底藏踪，总想办法、有办法跨过、扛过、忍过、渡过。他赢得了村民的拥戴，几十年稳稳地、妥妥地当着"领头人"。他说不上叱咤风云，顶天立地，倒也算得上遐迩无匹，如鱼得水，体现的是一种宗法社会中乡村意志和豪横无伦的生命张力。他哪来的这种生命张力和青石板一样坚硬的乡村意志，哪来的那么多能耐和坚毅，是谁给了他智勇和才干，是一种什么样的力量打造了他波澜壮阔的传奇一生？我苦苦思索，上下推究，在小说中试图给出答案。小说中设计的王子柱没爹没娘，流落河滩，被王半仙收为养子，当过长工，做过土匪，杀过日本人，扒过日本人的火车……，执掌花棵河几十年，通过少年萌动、义愤杀鬼子、落草为寇、匪窝历练、赌婚偿愿等一系列事件，展现王子柱斑驳陆离的人生图景，试图解读其中的玄机和谜底。

王半仙是个非常有趣的角色，是以我祖父为底色模拟组装而成的。我没有见过我的爷爷，因为我1962年出生时，他老人家已经作古。我只是在每年除夕夜祭祀时才能见到他留存于世的唯一遗照。头戴瓜皮帽，身着深色对襟小棉袄，面庞清癯，胡子花白，眼睛很大，眼窝深凹，炯炯有神，深邃中隐隐藏着一丝不易察觉的抑郁，但表情是微微浅笑的。听我父亲说，我爷爷虽出身农家，但不事农活，不问稼穑。他老人家也不知道跟谁学过周易，精通八卦卜术，能掐会算，能说会道，平生以走街串巷给人卜卦糊口。这引起了我诸多的遐思奇想，爷爷的一生该有怎样的传奇故事呢？

我的小说就是从王半仙从河南逃荒来到花棵河写起的，和祖爷爷、爷爷的经历相似。我爷爷以给人算命为生，小说中的王半仙也是个不折不扣的算命先生。在我有限的阅读经历中，当代小说中以较大篇幅写一个算命先生的作品还不多见，因此，我的初衷是想塑造一个较为丰满的算命先生形象，也算是对当代文学人物画廊增加一个新的角色。小说中的王半仙是一个落荒逃难来到花棵河的"外乡人"，一个极其狡黠、好吃懒做、很会装猫变狗、见风使舵、生存能力超强、脑袋瓜子极其灵光的算命先生的典型，但本质上是一个心地善良的人。小说着墨最多的是王半仙的"狡黠"和"灵光"。他的灵活和善变，见风使舵，装猫变狗，是他的生存本领，也是世态炎凉严逼下的谋生策略。得之于斯，失之于斯。在道德至上、礼仪厚重的圣城花棵河，王半仙的境遇可想而知。但王半仙"狡黠"和"灵光"在育子成长方面确是成功的。这一点上又有嫁接我父亲的影子。兹不赘言，看看我出版的散文集有关我父亲的记叙就会一目了然。

小说中的赵伊灵、尹大嫂子是着力刻画的两个女性角色。

赵伊灵是地主赵白眼的掌上明珠，出身于乡绅之家，但受过现代教育。美丽，聪颖，纯洁，敢作敢当，敢爱敢恨，只可惜赶上了动荡不宁的岁月。一再的岁月不居和社会的急剧嬗变，把一个青春美丽的少女异化成一个患得患失、婆婆妈妈的"三合一"乡下婆子。教师，母亲，农妇，三种角色在人生旅途中交替变幻。这个人物虚构的成分大于写实。伊灵的求学、闹婚、演文明戏、戏弄法庭等情节的设计，都是我的想象和杜撰，是鲁迅先生所谓"杂取种种人，合成一个人"技法的应用。

尹大嫂子是人性欲望的标本，是活在当下的现实主义者。小说中，尹大嫂子是"调味剂""酵母粉"，也是花棵河的"交际花"，代表了人之本能的张扬。没有她，花棵河世界将会何等黯淡无光，岑寂无声。她在民国和日伪时期经营的尹春居是我的臆造。在小说中进行了天然的扩展和虚构，力使其更加立体丰满。

其他形象，像是乡村郎中孔效愚也是小说着墨较浓的一个人物。孔效愚扮演的是一个饱读诗书、救难帮衬、插科打诨、幽默机智的乡村"老油条"的形象。他的行藏进退，通权达变，戏谑人生，不时给凝重、郁结的情节带来些许的轻松和慰藉，给饥馑、荒诞的岁月平添几分含泪的微笑。另一个人物张发财，人送外号"狗皮"。他是一个集合体，有泼皮、无赖、流氓的一些特性。小说中把他设计成"尹春居"小伙计出身，是想给他找一个人物性格发展变化的依据。他自小刁钻泼皮，不务正业，好心眼没长，坏心思不缺，懒鬼、色鬼、赌鬼集于一身，荒诞岁月里，一旦温度适宜，便恶行累累，劣迹斑斑。但他毕竟生活在圣城花棵河的世界里，骨子里也不乏朴厚、良善的一面。人性的复杂就体现在这里。另外小说中还有王子梁、溪莲居士、关敬轩、昌掌柜、方向红、郑晓华、何赛儿等人物，大部分都是现实生活中人物的升华和加工，并非子虚乌有的随意编造。

主题明确，人物、情节设计好了，用什么方法来写，是一个至关重要的问题。在创作手法上，我选择了以传统现实主义为主的叙事策略，经纬故事，塑造人物，按照生活本来应该有的样子去创作的，但又不拘泥于现实主义的单一创作方法。其间在情节发展、故事徐徐展开的过程中，又错杂运用了新写实主义、意识流、莎士比亚戏剧独白、写意对话等创作技巧。甚至因为故事情节和人物塑造的需要，还运用了贯穿首尾、穿插其中的现代主义、魔幻现实主义创作手法，强化了故事的神秘性、陌生化的悬疑效果。因而就整个长篇小说来讲，既是传统的，又是现代的，既是熟悉的，又是陌生化的，不单调，不枯燥，可读性强。

比如小说第十四章、第十五章，王子柱在九龙山落草为匪，首次深夜潜返花棵河尹春居，欲打探花棵河车站日本人火车的虚实，准备偷袭日本人的货物。尹大嫂子惊见王子柱，有两章尹大嫂子的自白实录。

这两章直接实录了尹大嫂子声色并茂的自白，把王子柱的问话和表情反应全都隐去，只让尹大嫂子一个人絮絮叨叨，独自道白。这种叙事策略，一方面通过尹大嫂子之口推动故事情节向前发展，把王子柱离家后花棵河所发生的种种变化和盘托出，避免了情节的平铺直叙和冗长繁琐；另一方面，通过尹大嫂子的自白，直抵她的内心世界，"我口说我心"，人物内心的善恶美丑，所思所想，声情并茂，淋漓毕现。这种简约、精到的笔墨，的确能起到事半功倍的效果。

再如，第二十一章，"小桃红"何赛儿遇难后，王子柱的一段内心独白和直抒胸臆。

这段内心独白和直抒胸臆，第一次直接揭秘了王子柱的内心世界，第一次通过他的视角把他的所思所想，所见所闻，一览无余地袒露出来，把隐去的故事发展的来龙去脉重新梳理补充，既完善了故事情节，又塑造了人物形象，既是直接抒情，又间接发展、补充、映照了情节完整，一举两得，十分经济实用。

另外，在魔幻技法的运用上意欲增加故事的神秘性。在这里，我要特别指出的是，贯穿情节始终的花棵河里的一条"鱼"。这是花棵河里的一个精灵，见证了花棵河几十年的风云变迁。人物一到人生关键的节点，这条鱼就会出现，起到了意想不到的艺术效果。

小说是语言的艺术。圆熟的小说语言应该是准确、鲜活、形象的，应该充满张力、给人以遐想，值得咀嚼回味的。我特别注意了小说语言的张力问题。它虽然不需要像诗歌的语言那样凝练、含蓄、精致，不像戏剧语言那样具有动作性、暗示性，但一定要有张力，有内蕴，话中有话，话中有喻示。

我祖祖辈辈生长于"花棵河世界"，曾经是道道地地的乡下人，熟悉他们的生活，熟知他们的语言和风俗，因此无论是小说的叙述语言，还是人物对话，都极具"花棵河特色"。其中，小说氛围的营造具有浓郁的乡土气息和地方特色。一是风物景色写的是中国北方大地上的圣城特有专属。二是节庆时令风俗、地产的描写极具圣城民俗特色。小年，除夕，元宵节，二月二，十月一，赶集上店，婚丧嫁娶，生老病死，迎亲访友，求学问贤，看病诊疗，等等，都是花棵河这个地方独有的。三是文本的叙事语言和人物对话充满了花棵河的风味和特色。一方水土养一方人，一方人说一方话。花棵河人有自己独特的话语语系，它是识别里外亲疏的标志性代码。细读就可知，花棵河人的语言简洁，干脆，古雅，口头语充满了爱憎。这是其他地方所没有的。慧眼读过，自然明察。

作者本人虽然成年后离开了"花棵河世界"，但血浓于水的藕断丝连，刻在骨髓里的不变乡愁，使他一日未敢遗忘"花棵河世界"的一草一木，一枝一叶。他，太熟悉花棵河村民们的喜怒哀乐、悲欢离合了，太熟悉他们的遭遇、苦难、救赎和固守，更熟悉他们的纠结、狡黠、隐忍和抗争。因此，这部小说可以说是作者为"花棵河世界"的代言之笔，也是作者谱写的一曲"花棵河世界"的世纪颂歌。

我深知，这本书能够出版，不是我一个人在努力，它凝结了诸多同仁的心血、勤劳和智慧。感谢济南市"海右文学精品工程"扶持计划项目，它成就了我能够"出彩"的可能。感谢第三批"海右文学精品工程"扶持计划的专家评委们，你们的不弃和肯定，玉成了这本拙著出版的胚胎和萌芽。感谢出版统筹李建议、编辑尹利华同仁在出版过程中付出的艰辛劳作和精心操持，没有你们的操盘，拙著很难面世。恕不一一，余定当感铭在心。

2025 年 5 月 6 日